El mercader de Venecia

William Shakespeare

Ilustrado por Dino Di Lena

Índice

Personajes

El Dux De Venecia,

El Príncipe de Marruecos

El Infante de Aragón

Antonio, el mercader de Venecia.

Basanio, su amigo, y pretendiente de Porcia.

Salanio, Salarino, Graciano y Salerio.

Lorenzo, amante de Jésica.

Shylock, un judío rico.

Tubal, un judío, su amigo.

Lanzarote

Gobbo, gracioso, criado de Shylock.

El Viejo Gobbo, padre de Lanzarote.

Leonardo, criado de Basanio.

Baltasar y Esteban, criados de Porcia.

Porcia, una heredera rica.

Nerisa, su doncella.

Jésica, hija de Shylock.

Senadores de Venecia, Alguaciles, Carceleros, Criados, y otros.

Escena: Unas veces en Venecia; otras en Belmonte, la quinta de Porcia, en el continente.

Acto I

Escena I

[Una calle de Venecia]

(Entran Antonio, Salarino y Salanio)

Antonio. La causa ignoro, a fe, de mi tristeza: Me cansa a mí, decís que a vos os cansa; Mas cómo di con ella, dónde, o cuándo, En qué consiste, o de qué fuente nace, Me queda por saber: de tal manera me embota la tristeza los sentidos, Que harto trabajo tengo en conocerme.

Salarino. Navega sobre el piélago vuestra alma, Do vuestras naves con hinchadas velas, Cual ricos ciudadanos de las ondas, O próceres del mar, con pompa y gala, Altivas señorean los pequeños Traficantes que humildes las saludan Al cruzar en su rumbo en vuelo raudo, Al viento abiertas las tejidas alas.

Salanio. Creedme, hidalgo, que si yo tuviese fiada a un frágil leño hacienda tanta, en alma y pensamiento allá estaría con mi esperanza sobre el mar; las horas pasara en arrancar hojas del césped para saber de dónde sopla el viento; escudriñara sin cesar el mapa, buscando puertos, muelles y arrecifes, y cuantos puntos viese que funestos Pudieran ser a mis costosas naves Por cierto me llenarán de tristeza.

Salarino. Tal vez soplando el caldo con mi aliento Dolores de terciana sentiría sólo al pensar en el funesto daño que sobre el mar pudiera hacer el soplo del ábrego sañudo; si la arena Viera bajar de algún reloj, al punto en bajíos pensara, en que mi nave Viera encallada, con el alto tope de su quilla a nivel, cual si besara Su propia sepultura. Nunca a misa me fuera sin pensar, al ver los arcos del edificio santo, en los escollos que, sólo con rozar mi pobre nave, hicieran naufragar su cargamento, endulzando las olas con especias, sus crestas de mis sedas revistiendo; me imaginara ver en solo un punto mi hacienda toda reducida a nada. ¿No me ha de entristecer, si en esto pienso, solo el pensar que suceder pudiera? Callad, yo sé que Antonio está tan triste por el cuidado que le dan sus naves.

Antonio. No tal, a fe; pues gracias a mi estrella no a un solo casco mi fortuna fío, ni a un solo puerto; ni mi hacienda toda depende de la suerte de este año: Ya veis, amigos, que mis mercancías cuidado no me dan.

Salanio. ¡Voto a Cupido! Estáis enamorado.

Antonio. ¡Calla!, ¡calla!

Salanio. ¡Tampoco enamorado! Diré entonces que triste estáis porque no estáis alegre: Y tan fácil os fuera dar un brinco y echaros a reír, diciendo luego, que estáis alegre porque no estáis triste. Por el bifronte Jano juro, hidalgos, que la madre común de los mortales se entretuvo en formar extraños seres; pues hombres hay que al son de ronca gaita con sandia mueca cierran ambos ojos, y como loros a reír empiezan; y hay otros de semblante tan acedo, que graves se estarán oyendo chistes que Néstor por graciosos aprobara.

(Entran Basanio, Lorenzo y Graciano)

Salanio. Basanio, vuestro deudo, aquí se acerca con Graciano y Lorenzo. Dios os guarde. Con ellos vais mejor acompañado.

Salarino. Hasta desenfadaros no me fuera; pero me impide hacerlo la llegada de más nobles amigos.

Antonio. Creed que os tengo en mucha estimación; si os vais, colijo que algún asunto os llama, y de alejaros esta ocasión aprovecháis sin duda.

Salarino. Quedad con Dios, amigos.

Basanio. Caballeros, ¿Cuándo estaréis de humor, decidme, cuándo? Os vais volviendo adustos. Por ventura, ¿Es fuerza que así sea?

Salarino. Adiós: en breve vos mismo dispondréis de nuestros ocios.

(Vanse Salarino y Salanio)

Lorenzo. Señor Basanio, ya que a Antonio hallasteis, con él os dejaremos; pero os ruego que a la hora de yantar tengáis presente el lugar para donde os dimos cita.

Basanio. No faltaré.

Graciano. Ponéis mal gesto, Antonio. Cuidado en demasía os causa el mundo. Nunca podréis gozar de sus placeres, Si a tanta costa los compráis. Advierto No sé qué cambio en vos que no me agrada.

Antonio. Yo tengo al mundo por lo que es, Graciano; por un teatro en cuyas tablas hace cada cual su papel; y el mío es triste.

Graciano. El mío sea el de gracioso: quiero que saquen las arrugas en mi rostro la risa y el placer; quiero que el vino los hígados me abrase, antes que el duelo y el triste llanto el corazón me hielen. ¿Por qué ha de estar un hombre, cuya sangre hierve en sus venas, triste cual la estatua de su abuelo tallada en alabastro? ¿Por qué ha de dormitar cuando despierta? ¿Luego enfermar de puro enojadizo? Escucha, Antonio: soy tu amigo, y te amo, y como a amigo te hablo.

En este mundo hay hombres tan adustos, que sus rostros se cubren, cual las aguas de un pantano, de blanca espuma, y que se fingen graves a fin de conquistar fama de doctos, y nombre de prudentes y sesudos; cual si dijeran: "Yo soy don Oráculo: Cuando hable que no ladre perro alguno". Conozco a muchos de éstos, caro Antonio, que sólo logran título de sabios por lo que callan; cuando estoy seguro que si la boca abriesen, esos mismos que los ensalzan, no pudieran menos de condenar por tonto al propio hermano. Otra vez te diré más de este asunto. Mas, ¡ay!, no pesques con tan triste cebo por esa fama que es la golosina y la ambición de necios mentecatos. Vámonos ya, Lorenzo. Dios os guarde; fin daré a mi sermón luego a los postres.

Lorenzo. Adiós: nos juntaremos en la mesa. Me toca hacer papel de sabio mudo, porque Graciano hablar no me permite.

Graciano. Frecuenta un año más mi compañía, y el eco de tu voz te será extraño.

Antonio. ¡Adiós! Me haré hablador por darte gusto.

Graciano. Bien hecho, a fe; el silencio sólo cuadra en lenguas en conserva, o en la boca de una doncella casta que es de roca.

(Vanse Graciano y Lorenzo)

Antonio. ¡Brava razón! ¿Habrá mayor locura?

Basanio. En todo Venecia no hay hombre que hable más a tontas y a locas que Graciano. Sus razones son como dos granos de trigo escondidos en dos fanegas de paja; es menester un día entero para hallarlos, y cuando los habéis hallado, no valen el trabajo que os ha costado el buscarlos.

Antonio. Decidme ahora: ¿quién es esa dama a cuyo altar jurasteis dirigiros cual peregrino en devoción secreta, y de quien hoy hablarme prometisteis?

Basanio. Vos no ignoráis, Antonio, hasta qué punto mi hacienda he malgastado con alardes de vana pompa y opulento lujo, para mis pocos bienes excesivos. No lloro la carencia de ese fasto; mi principal cuidado estriba sólo en salir con honor de los apuros en que me ha puesto pródiga mí vida. A vos, Antonio, más que a nadie debo dineros y amistad, y pues licencia para tanto el cariño me concede, quiero deciros cuáles son mis planes para zafarme de mis deudas todas.

Antonio. Decídmelos, Basanio, yo os lo ruego: y estad seguro que si honrados fueren. Cual siendo vuestros fuerza es que lo sean, mi bolsa y vida y mis recursos todos sabré apurar en el servicio vuestro.

Basanio. Cuando era yo rapaz, tal vez solía perder de alguna flecha el leve rastro; para encontrarla entonces, disparaba en dirección igual otra certera, cuyo vuelo seguía con los ojos, y de esta suerte, aventurando entrambas, solía hallar las dos. Pueril ejemplo diréis quizá; pero os lo cito, Antonio, porque el candor me dicta este discurso. Yo os debo mucho, y lo que os debo, acaso Sin salvación alguna está perdido; pero si dispararais otra flecha en dirección igual que la perdida, no dudo que con tino y buen acierto, pudiera hallar las dos, o en todo caso devolveros al menos la segunda, deudor quedando, siempre agradecido, por el primer favor.

Antonio. Harto, Basanio, me conocéis; gastáis el tiempo en balde tratando de moverme con ejemplos que no son menester; y a fe que os juro que mayor daño me hacen vuestras dudas, en lo que toca a mi amistad sincera, del que pudiera hacer vuestra locura, aunque mi hacienda toda derrochara. Decidme, pues, en qué serviros puedo, y os serviré cual debo. Conque, oigamos.

Basanio. Hay en Belmonte una heredera rica, y es bella, más que bella, es un portento, y es de virtud espejo. En sus miradas leí tal vez de amor mudos mensajes. Su nombre es Porcia, y creed que en nada cede a la hija de Catón, de Bruto esposa. No ignora el universo su valía, pues a favor del viento, de lejanas Playas acuden nobles pretendientes; y de sus sienes los dorados rizos penden cual rico vellocino de oro, haciendo de su quinta de Belmonte Nueva playa de Coicos, y en su busca uno tras otro los Jasones llegan.

¡Oh, Antonio mío!, si tuviera medios para rivalizar con uno de éstos, el alma me presagia tal ventura, que ciertamente fuera afortunado.

Antonio. Ya sabes que en la mar está mi hacienda; ni bienes tengo ni caudal poseo para allegar una presente suma: Recorre la ciudad prueba hasta dónde alcanzará mi crédito en Venecia lo apuraré por ti, no habrá resorte que deje de emplear para que el viaje emprendas a la quinta de tu amada. Ve, indaga, inquiere, y averigua al punto dónde hay dinero; voy a hacer lo propio; creo poder hallarlo sin tardanza, ya fuere por favor, ya por fianza,

(Vanse)

Escena II

[Una sala en casa de Porcia, en Belmonte]

(Entran Porcia y Nerisa)

Porcia. A fe mía, Nerisa, que mi breve cuerpo está ya harto de este enorme mundo.

Nerisa. Tal podría ser, señora mía, si vuestras desdichas fueran tan prolijas como vuestras dichas. Y con todo, advierto que tanto sufren los que se hartan con exceso, como los que se mueren de pura necesidad. Por lo tanto, no es poca ventura la de hallarse establecido en el justo medio; lo superfluo pronto cría canas; pero un haber modesto es fuente de larga vida.

Porcia. Máximas excelentes y muy bien dichas.

Nerisa. Mejores serían, si hubiera quien las siguiese.

Porcia. Si fuera tan fácil hacer lo que se debe, como conocer lo que se debe hacer, las ermitas serían catedrales, y las chozas de los pobres palacios de príncipes. Es buen predicador aquel que practica la virtud que enseña; más fácil me sería enseñar a veinte personas lo que conviene hacer, que ser yo misma una de esas veinte, y practicar mi propia enseñanza. Fácil le es al cerebro inventar leyes para refrenar la sangre; pero una complexión ardiente salta por encima de un frígido decreto, tan dispuesta está siempre la loca juventud a saltar por encima de las redes que el buen consejo, cual achacoso anciano, le tiende. Pero razonando y discurriendo de esta suerte, nunca llegaré a elegir marido. ¡Qué digo elegir! Ni puedo elegir a quien me gustare, ni rehusar al que me enfadare; de tal modo está refrenada la voluntad de una hija viviente por ia última voluntad de un padre difunto. Dime, Nerisa, ¿no es cosa cruel que no pueda ni elegir a uno, ni rechazar a ninguno?

Nerisa. Vuestro padre fue siempre un alma de Dios, y los justos, al morir, suelen tener buenas inspiraciones: por lo tanto, estad segura que nadie acertará esta lotería, que él ideó con las tres cajitas de oro, plata y plomo, y por la cual habréis de ser esposa del que logre dar con su intento, sino aquel que sea digno de vuestro amor. Pero por vuestra parte, decidme: ¿no miráis con frialdad a todos estos príncipes que a guisa de pretendientes os asedian?

Porcia. Ruégote que me los nombres, y los iré describiendo, y según sea la descripción, juzga tú de mi afecto hacia ellos.

Nerisa. Primero, hay el príncipe napolitano.

Porcia. Valiente potro está el príncipe, pues no hace otra cosa que hablar de su caballo; y se jacta, como de una gran virtud, de saber herrarlo él mismo. Mucho me temo que su señora madre se haya dejado seducir por un herrador.

Nerisa. Luego hay el conde Palatino.

Porcia. Ése no hace más que fruncir el entrecejo, como si dijera: "Si no me queréis a mí, ya podéis buscar a otro". Oye chistes y no se sonríe. Temo que hombre que se muestra tan afeminadamente triste en su juventud, se convierta en su vejez en filósofo llorón. Más quisiera casarme con una calavera con un hueso en la boca, que con cualquiera de éstos. Líbreme Dios de estos dos.

Nerisa. ¿Qué me decís del caballero francés, Monsieur Le Bon?

Porcia. Ya que es hechura de Dios, pase siquiera por hombre. Sé muy bien que es pecado burlarse del prójimo; pero lo que es ése... ¡Válgame Dios! Tiene mejor caballo que el napolitano, y vence al conde Palatino en la maña de fruncir el entrecejo: reúne los defectos de todos los hombres en un cuerpo que no es de hombre; si oye cantar un mirlo, al punto empieza a brincar; es capaz de batirse con su sombra. Casarme con él fuera casarme con veinte maridos. Si me desprecia, le perdonaré; pues, aunque me amase con locura, nunca podría corresponder a su amor.

Nerisa. ¿Qué decís entonces de Falconbridge, el joven barón inglés?

Porcia. Ya sabes que jamás hablo una palabra con él; pues ni él me entiende a mí, ni yo a él. Ni posee el latín, ni el francés, ni el italiano; y en cuanto a mí, puedes jurar ante el tribunal que no sé jota de inglés. No tiene mala figura; pero, ¡ay!, ¿quién puede platicar con un cuadro mudo? ¡Cuan singular es su traje! Creo que compró la ropilla en Italia, los gregüescos en Francia, la gorra en Alemania, y sus modales en todas partes.

Nerisa. ¿Qué os parece el lord escocés, su vecino?

Porcia. Me parece vecino bastante caritativo, pues tomó prestada una bofetada del inglés, y juró devolvérsela cuando pudiere. Creo que el francés salió fiador, y selló el trato para el pago de otra bofetada.

Nerisa. ¿Qué tal os place el joven alemán, sobrino del duque de Sajonia?

Porcia. Mal por la mañana, cuando está en ayunas, y peor por la tarde cuando está borracho: cuando de mejor talante está, es algo menos que hombre, y cuando está peor, algo más que bestia. Suceda lo que sucediere, espero poder pasarme sin él.

Nerisa. Si entrase en competencia por vuestra mano, y acertase en elegir la cajita afortunada, dejaríais de cumplir la voluntad de vuestro padre, si os negarais a tomarle por marido.

Porcia. Para que eso no suceda, te pido que pongas una gran copa de vino del Rhin en la caja contraria; pues estando el demonio dentro de ella, y fuera de ella tan grande tentación, segura estoy de que la elegirá. Haré cualquier cosa, Nerisa, antes que casarme con una esponja.

Nerisa. Señora mía, no tenéis motivo alguno para temer que sea forzoso casaros con ninguno de estos caballeros: me han manifestado su propósito, que no es otro que el de volverse a sus respectivas casas, dejando de molestaros con sus galanteos, como no hubiese algún modo de conquistaros diferente del que impuso vuestro padre por medio de las cajitas.

Porcia. Aunque viviera los años de Sibila, moriría casta como Diana, a no casarme del modo que lo dispuso mi padre en su testamento. Que me place que esta tanda de amadores se haya mostrado tan razonable; pues entre todos ellos, no hay uno solo cuya ausencia no me sea grata en extremo, y ruego a Dios que les dé buen viaje.

Nerisa. ¿No os acordáis, señora, de cierto veneciano, docto en letras y en armas, que en vida de vuestro padre vino aquí en compañía del marqués de Montferrato?

Porcia. Sí, sí. Fué Basanio; creo que así se llamaba.

Nerisa. Ciertamente. De cuantos hombres he visto con estos inexpertos ojos, ninguno me ha parecido tan digno del amor de una hermosa dama como Basanio.

Porcia. Bien me acuerdo de él, y bien me acuerdo que era digno de tus elogios.

(Entra un Criado)

¿Qué ocurre? ¿Qué nuevas hay?

Criado. Los cuatro forasteros, señora, desean despedirse de vos y un correo viene precediendo a un quinto pretendiente, el príncipe de Marruecos, para anunciar que su amo, el príncipe, llegará aquí esta noche.

Porcia. Si me fuera posible dar la bienvenida a este quinto pretendiente con la misma alegría con que doy la despedida a los otros cuatro, grata me sería su llegada. Si tiene la complexión de un demonio, aunque tenga la condición de un santo, más quisiera confesarme que casarme con él. Sígueme, Nerisa. Ve tú delante, picaro. Mientras cerramos la puerta tras un amante, otro llama al postigo.

(Vanse)

Escena III

[Una plaza pública de Venecia]

(Entran Basanio y Shylock)

Shylock. Tres mil ducados. Bien.

Basanio. Sí, señor, por tres meses.

Shylock. Por tres meses. Bien.

Basanio.- Por cuya suma saldrá fiador Antonio.

Shylock. ¿Saldrá fiador Antonio? Bien.

Basanio. ¿Me la podéis procurar? ¿Haréisme ese favor? ¿Sabré al menos vuestra contestación?

Shylock. Tres mil ducados por tres meses y Antonio por fiador.

Basanio. ¿Qué contestáis a eso?

Shylock. Antonio es hombre de bien.

Basanio. ¿Habéis oído algo que implique lo contrario?

Shylock. ¡Oh!, no, no, no. Al decir que es hombre de bien, quiero que entienda vuesa merced que es solvente. Sin embargo, su capital está comprometido. Tiene un bajel destinado a Trípoli, otro a las Indias. He sabido además en el Rialto que tiene un tercer bajel en México, y una nave destinada a Inglaterra; y otros muchos negocios tiene diseminados por el mundo. Pero los bajeles no son más que tablas; los marinos no son más que hombres. Hay ratas de tierra, y hay ratas de mar; hay ladrones de mar, y hay ladrones de tierra, quiero decir piratas; luego hay el peligro de las olas, de los vientos y de las rocas. Sin embargo, el hombre es solvente. Tres mil ducados... Creo que podré admitir la fianza.

Basanio. Con toda seguridad.

Shylock. ¿Conque con toda seguridad? Pues para que sea con toda seguridad, lo meditaré. ¿Podré hablar con Antonio?

Basanio. Si queréis comer con nosotros...

Shylock. ¿Sí, para atufarme de tocino; para comer en la morada en cuyo recinto vuestro profeta, el Nazareno, introdujo por medio de sortilegios al demonio? Compraré de vosotros, mercaré con vosotros, me pasearé con vosotros, y lo demás; pero no quiero comer con vosotros, ni beber con vosotros, ni orar con vosotros. ¿Qué nuevas hay en el Rialto? ¿Quién es este que se acerca?

(Entra Antonio)

Basanio. Es el señor Antonio.

Shylock. [*Aparte*] (¡Qué traza vil de publicano tiene! Le odio porque es cristiano, y le aborrezco aun más por su humildad, por la simpleza con que hace alarde de prestar dinero sin interés, logrando de esa suerte abaratar el tipo de la usura aquí en Venecia. Si una vez consigo cogerle en un descuido, haré que pruebe todo el rencor del odio que me inspira. Sé que aborrece a nuestro pueblo santo, y en los parajes donde más afluyen los mercaderes, de baldón me colma, a mí, mis tratos y mi honesto lucro, que él llama usura vil. Maldita sea la tribu en que nací, si le perdono).

Basanio. ¿Shylock, no oís?

Shylock. Estaba discurriendo. Pensando en los dineros que me restan; y al repasarlo todo en mi memoria, caigo en la cuenta que allegar no puedo, en este instante de tres mil ducados la entera suma. Pero nada importa; tubal, un rico hebreo de mi tribu, me la dará. Decid, ¿por cuántos meses Queréis la suma? Dios os guarde, Antonio; aún suena vuestro nombre en nuestros labios.

Antonio. Aunque ni presto, ni prestado pido, dando y tomando con prolija usura, con todo, Shylock, por sacar de apuros a un amigo, quebranto mi costumbre. ¿Sabe qué suma deseáis, Basanio?

Shylock. Sí, sí: tres mil ducados.

Antonio. Por tres meses.

Shylock.No me acordaba ya: sí, por tres meses, así dijisteis. Venga la fianza; a todo estoy dispuesto. Pero, ahora me acuerdo que afirmasteis hace poco que no prestáis dinero con usura, ni lo pedís prestado.

Antonio. Es mi costumbre.

Shylock. Cuando Jacob el hato apacentaba de su tío Labán... Jacob que fuera (Merced al celo de su astuta madre) El tercer poseedor después del santo patriarca Abraham... No hay duda fue el tercero.

Antonio. ¿Prestó Jacob acaso con usura?

Shylock. No digo con usura a nuestra usanza, directamente; no: notad lo que hizo. Habiendo con Labán pactado un día que los borregos todos que nacieran de color vario, oscuros y manchados, por su salario en suerte le cupiesen; a fines del otoño, las ovejas estando ya en sazón, de los borregos fueron en busca tiernas. Cuando el acto de la naturaleza estaba al colmo entre aquellos lanudos amadores, peló el pastor astuto ciertas varas, que con tal tino colocó delante de las ovejas, en el acto mismo de generar, que al tiempo de la cría Parieron hijos de color listado, y fueron de Jacob. Éste fué el modo que tuvo de lucrar; y fué bendito, que el lucro honesto es bendición del cielo, Si el hombre no lo roba.

Antonio. Tal recurso fué un riesgo a que se expuso a la ventura, que de su voluntad no dependía, sino de la del cielo, cuya mano obró un milagro. ¿Con tan santo ejemplo queréis acaso disculpar la usura? ¿O son también ovejas y borregos vuestro oro y vuestra plata?

Shylock. Yo lo ignoro; los hago procrear cual si lo fueran. Pero escuchad.

Antonio. Notadlo bien, Basanio: El mismo diablo, por lograr sus fines, de la Escritura santa ejemplos cita. El alma vil que apela al testimonio de venerandas leyes, se asemeja a un hombre infame con risueña cara, o a bella fruta que el gusano roe. ¡Qué hermoso aspecto tiene la mentira!

Shylock. Tres mil ducados... Cantidad redonda. Y por tres meses... La ganancia suma... Antonio. Decidnos, Antonio. ¿Admitís el trato? Shylock.

Shylock. Señor Antonio; no una, muchas veces me habéis reconvenido en el Rialto Por mis logros, mis préstamos y usuras; y siempre lo he sufrido con paciencia, Doblando la cerviz, que el sufrimiento Es el blasón común de nuestra raza. Llamáisme infiel, y perro, y descastado, y en mi saya escupís, que es de judío; y de tal suerte me ultrajáis, tan sólo Porque a mi antojo con mi hacienda lucro. Pues bien, según parece, de mi ayuda Necesitáis; y me venís diciendo: "Shylock, dineros pido". Así me dice Quien en mi barba derramó su reuma, Quien con el pie me rechazó cual perro que ajeno umbral traspasa vagabundo. ¿Dineros me pedís? ¿Y qué os respondo? ¿No debiera deciros: "Es posible Que tenga un perro hacienda ni dineros? ¿Un perro ha de prestar tres mil ducados?" ¿O he de decir con actitud humilde, y voz servil: "Ayer, muy señor mío, A bien tuvisteis de escupirme al rostro; Me rechazasteis con el pie tal día, y me llamasteis perro; ¿y ahora en pago De trato tan cortés prestaros quiero Tantos dineros?"

Antonio. Volveré a ultrajarte, a aborrecerte y a escupirte al rostro; por tanto, si me prestas el dinero, no me lo prestes como a amigo tuyo; pues nunca la amistad pidiera avara por un metal estéril vil usura: Antes lo prestarás a tu enemigo, de quien, si falta al convenido trato, podrás pedir reparación cumplida.

Shylock. ¡Y cómo os enojáis! Ya veis, quisiera Lograr vuestra amistad y vuestro afecto, borrando de mi mente los ultrajes con que mi honor manchasteis; me propongo remediar vuestros males sin pediros usura ni interés por mi dinero; y me volvéis la espalda. Pues mi oferta es generosa, creo.

Antonio. Tal parece.

Shylock. Pues quiero ser con vos tan generoso. Venid conmigo a casa de un notario; firmadme allí el recibo; y, como en broma, debéis estipular que si en tal día, y en tal lugar, no me pagáis la suma, o sumas, en el trato estipuladas, Daréis en cambio, por saldar la deuda, una libra cabal de vuestra carne, Cortada y arrancada por mi mano De vuestro cuerpo, donde yo quisiere.

Antonio. Me place el trato; he de sellarlo luego; Diré que hallé un judío generoso.

Basanio. No firmaréis por mí tal compromiso; Prefiero no salir de mis apuros.

Antonio. No temas que jamás el caso llegue De cumplir de tal suerte lo pactado; Pues dentro de dos meses, un mes antes, De que se cumpla el plazo, estoy seguro De recaudar diez veces esa suma.

Shylock. ¡Oh, padre Abraham! ¡Qué gente! ¡Qué cristianos! Por el rasero de sus duras obras miden de los demás las intenciones. Decidme, os ruego: si dejase Antonio de pagarme en el tiempo estipulado, ¿Qué ganaría yo con exigirle Él cumplimiento del contrato? Nada. Una libra de carne humana vale por cierto menos que su equivalente en carne de carnero, buey o cabra. Y creed que si tal trato le propongo, lo hago por granjear su simpatía. Si os place, bien; si no, sea en buen hora. No me ofendáis por la amistad que os tengo.

Antonio. Admito el trato, y firmo la fianza.

Shylock. Pues id al punto a casa del notario: Dictadle documento tan gracioso. Yo en tanto en busca iré de los dineros; Daré una vuelta luego por mi casa, Que mal guardada está por un villano Inútil y haragán; y sin demora Me juntaré con vos.

(Vase)

Antonio. Ve, buen hebreo. Se va a volver cristiano este judío: Se muestra generoso,

Basanio. No me placen frases de miel en boca de hombre aleve.

Antonio. No tengáis miedo. El plazo no es tan breve. Mis naves tornarán un mes contado, antes que llegue el día señalado.

(Vanse)

Acto II

Escena I

[Una sala de la quinta de Porcia en Belmonte]

(Entran el Príncipe de Marruecos y su séquito; Porcia, Nerisa, y doncellas de su servidumbre. Tocan clarines)

Marruecos. No os cause desamor mi tez morena, que es gala su color del sol radiante, de quien nací vecino y allegado. Que traigan al más rubio de los hijos del frío norte, donde Febo apenas logra el hielo ablandar; y en honor vuestro ábranse nuestras venas, y veamos, de los dos, cuya sangre es la más roja. Sabed, señora, que a los más valientes tal vez infundió miedo mi semblante; y os juro por mi amor que lo han amado las vírgenes más nobles de mi patria. Tan sólo por captarme vuestro afecto de tez trocara, dulce reina mía.

Porcia. No es sólo consejero de mi gusto mi delicado antojo de doncella; Pues me negó la suerte caprichosa A una libre elección todo derecho. Mas si mi padre previsor no hubiera Puesto límite y freno a mi albedrío, Mandando que la mano diese al hombre Que acertase a elegirme de la suerte que os dije, juro, ¡oh, príncipe famoso!, Que tan merecedor a mi cariño Os hallaría a vos como a cualquiera De los que a pretender aquí vinieron.

Marruecos. Os lo agradece el alma. Pido ahora que me llevéis a donde estén las cajas; quiero probar fortuna... ¡Por mi alfanje, por este acero que quitó la vida al gran Sofí y a un príncipe de Persia, que decidió la suerte de tres lides ganadas al sultán de la Turquía, al fiero Solimán, juro, señora, que con el vivo rayo de mis ojos, al más audaz bajar la vista hiciera, retara al corazón de más denuedo, la tierna cría arrebatara a la osa, y del león rugiente me burlara a vista de su presa, por lograrte! Pero ¡ay de mí! Si Alcides reta a Licas a decidir por suerte de los dados.. Cuál de los dos el más valiente sea, por fallo de la diosa fuera fácil que echara el

---

menos fuerte el mayor punto, quedando el paje vencedor de Alcides. Así entregado a la fortuna ciega cuan fácil fuera que yo errara el premio, a un rival menos digno reservado, muriéndome de pena.

Porcia. Empero es fuerza que os sujetéis al fallo de la suerte; que renunciéis a entrar en competencia o antes de la elección juréis que nunca a dama alguna ofreceréis la mano, si el hado os fuera adverso. Sed prudente.

Marruecos. Lo juro. Vamos a probar fortuna.

Porcia. Antes al templo, y al banquete luego; después haréis vuestra elección. Partamos.

Marruecos. Veamos, pues, si me dará la suerte eterna dicha o desdichada muerte.

(Tocan clarines. Vanse)

Escena II

[Una calle de Venecia]

(Entra Lanzarote Gobbo)

Lanzarote. Mi conciencia seguramente no se podrá oponer a que huya de la casa de ese judío, mi amo. El demonio está a mi espalda, y me dice: "Gobbo, Lanzarote Gobbo, buen Lanzarote, oh buen Lanzarote Gobbo, mueve esas piernas, toma las de Villadiego, huye". Mi conciencia me dice: "No, cuidado, honrado Lanzarote, cuidado, honrado Gobbo, o como antes dije, honrado Lanzarote Gobbo: no corras, no cometas la bajeza de correr con tus pies". Pero el valerosísimo demonio me manda huir: "¡Vía!, dice el enemigo; lárgate, dice el demonio; por amor del cielo, anímate, ten valor, dice el diablo, y corre".

Pero mi conciencia, echando los brazos al cuello de mi corazón, me dice muy sabiamente: "Mi honrado amigo Lanzarote, siendo hijo de un hombre honrado... o por mejor decir, de una mujer honrada, porque en verdad, mi padre tuvo sus puntos y ribetes de codicioso... vamos, tuvo cierta afición a lo ajeno. Pues bien, mi conciencia me dice: "Lanzarote, no te muevas". "Muévete", me dice el demonio. "No te muevas", me dice mi conciencia. "Conciencia mía, digo yo, tus consejos son buenos". "Diablo mío, digo yo, tus consejos son saludables". Si yo me dejara gobernar por mi conciencia, me quedaría con mi amo el judío, el cual es, en efecto (Dios me perdone), una especie de demonio, y huiría de la casa del judío, a dejarme gobernar por el enemigo, el cual, con perdón de vuesas mercedes, es el demonio en persona; y en conciencia que mi conciencia debe ser una conciencia perversa, cuando me aconseja que me quede con el judío. Los consejos del demonio son más amistosos. Demonio mío, tomaré las de Villadiego, mis pies están a tus órdenes; echaré a correr.

(Entra el viejo Gobbo con una cesta)

Gobbo. Caballero, galán, a vos os ruego; ¿cuál es el camino que conduce a la casa del señor judío?

Lanzarote. [*Aparte*] Éste es mi legítimo padre, quien por causa de su mala vista (es ciego como un topo) no me reconoce. Voy a divertirme con él.

25

Gobbo. Caballero, joven galán, os ruego; ¿qué camino debo seguir para llegar a casa del señor judío?

Lanzarote. A la primera bocacalle, volved a mano derecha; a la bocacalle inmediata, volved a la izquierda; y a la próxima vuelta, no os volváis a lado alguno, sino encaminaos oblicuamente a casa del judío.

Gobbo. ¡Vive Dios! será cosa difícil dar con esa senda. ¿Me podéis decir si un tal Lanzarote, que vive con él, vive con él o no?

Lanzarote. ¿Habláis acaso del joven caballero Lanzarote? [*Aparte*] Prestadme atención ahora, veréis qué cisco armo. A él. ¿Habláis acaso del joven caballero Lanzarote?

Gobbo. No es tal caballero, gentilhombre, sino hijo de un pobre. Su padre, aunque me esté mal el decirlo, es hombre honrado y pobre en extremo; aunque, a Dios gracias, no le falta salud.

Lanzarote. Bien, sea su padre lo que fuere; nosotros hablamos del joven caballero Lanzarote.

Gobbo. Servidor de vuesa merced, y Lanzarote, gentilhombre.

Lanzarote. -Pero por el amor de Dios, ergo, buen viejo, ergo, os suplico. ¿Habláis del joven caballero Lanzarote?

Gobbo. De Lanzarote, si no mandáis otra cosa, gentilhombre.

Lanzarote. Ergo, caballero Lanzarote. No preguntéis por el caballero Lanzarote, porque ese joven caballero (así lo dispuso el hado, el destino, o llámese como quiera, las tres hermanas, y otros ramos del oculto saber) en efecto ha muerto, o, como si dijéramos, hablando en términos vulgares, está en la gloria.

Gobbo. ¡Señor! ¡No lo permita Dios! Ese muchacho era el báculo de mi vejez, mi único arrimo.

Lanzarote. [*Aparte*] (¿Tengo por ventura cara de porra, de estaca, de báculo, o de arrimo?) A él. ¿No me conocéis, padre?

Gobbo. ¡Infeliz de mí! No os conozco, caballero. Pero decidme, os ruego: mi hijo (¡Dios le haya perdonado!) ¿vive, o ha muerto?

Lanzarote. Pero ¿no me conocéis, padre?

Gobbo. ¡Ay de mí, caballero!, tengo la vista turbia: no os conozco.

Lanzarote. Por cierto, aunque la tuvieseis clara, fuera fácil que no me conocierais. Muy despejado ha de ser el padre que sea capaz de conocer a su propio hijo. Pues bien, buen anciano, os daré nuevas de vuestro hijo. (Se arrodilla.) Dadme vuestra bendición: la verdad siempre sale a relucir: un asesinato no puede permanecer oculto largo tiempo, aunque fácil es ocultar al hijo de un hombre; pero al fin, la verdad sale siempre a relucir.

Gobbo. Por Dios, alzad, caballero. Vos no sois mi hijo Lanzarote.

Lanzarote. Por Dios, dejémonos ya de tonterías, y dadme vuestra bendición. Soy Lanzarote, vuestra criatura que fué, vuestro vástago que es, y vuestro hijo que será.

Gobbo. No puedo creer que sois mi hijo.

Lanzarote. En tal caso no sabré qué pensar de vos; pero lo cierto es que soy Lanzarote, el criado del judío, y estoy seguro que Margarita, vuestra mujer, es mi madre.

Gobbo. En efecto, Margarita es su nombre. Pues, entonces, si eres Lanzarote, seguro estoy de que eres el hijo de mis entrañas. ¡Jesús! ¡Alabado sea tu nombre, y qué bozo has echado! Tienes más pelos en la cara que crines tiene en la cola mi rocín Gallardo.

Lanzarote. Según eso, la cola de Gallardo debe crecer hacia atrás; pues me consta que la última vez que le vi, tenía más crines en la cola que pelos tengo en la cara.

Gobbo. ¡Jesús! ¡Y cómo has cambiado! ¿Qué tal te avienes con tu amo? Le traigo un regalo. ¿Qué tal te va con él?

Lanzarote. Bien, muy bien. Pero, por mi parte, como mi bienestar estriba en la fuga, no descansaré hasta que haya corrido un buen trecho. Mi amo es un verdadero judío. ¡Darle un regalo! Sí: una soga le daréis. Me deja morir de hambre en su servicio: podéis contar con mis dedos una a una las costillas. Dadme ese presente, quiero regalarlo a un cierto señor Basanio, el cual, a fe mía, da magníficas libreas nuevas. Si no logro ponerme a su servicio, no pararé de correr hasta el fin del mundo. ¡Oh, dicha inesperada! Aquí se acerca él mismo: a él, padre; pues, antes de seguir sirviendo al judío, me haría yo mismo judío.

(Entran Basanio, Leonardo y acompañamiento)

Basanio. Lo podéis hacer; pero daos prisa, a fin de que la cena esté preparada lo más tarde para las cinco. Cuidad de la entrega de estas cartas;

dad órdenes para que se hagan las libreas, y decid a Graciano que pase luego por mi casa.

(Vase un Criado)

Lanzarote. A él, padre.

Gobbo. Dios guarde a vuesamerced.

Basanio. Gracias. ¿Tienes algo que decirme?

Gobbo. Aquí tenéis a mi hijo, caballero, que es un pobre mozo...

Lanzarote. No tal, caballero, no es ningún pobre mozo sino el criado del rico judío, y quisiera, señor..., como os especificará mi padre...

Gobbo. Está rabiando, como quien dice, por servir.

Lanzarote. En pocas palabras; soy criado del judío, y tengo deseos... como mi padre os especificará...

Gobbo. Su amo y él, dicho sea con perdón de vuesamerced, no hacen buenas migas...

Lanzarote. En suma, la verdad es que habiéndose portado mal conmigo el judío, me obliga... como mi padre, que es un buen anciano, según creo, os notificará.

Gobbo. Traigo aquí un par de tórtolas que quisiera regalar a vuesamerced: y mi pretensión es...

Lanzarote. En brevísimas palabras: su pretensión es impertinente para mí, como sabrá vuestra merced por conducto de este buen anciano; y, aunque me esté mal el decirlo; sabed que este buen anciano es un pobre hombre, y mi padre.

Basanio. Que hable uno a la vez. ¿Qué queréis?

Lanzarote. Serviros, caballero.

Gobbo. Tal es, señor, el verdadero busilis de la cuestión.

Basanio. Sé bien quién eres. Tu demanda admito; pues Shylock, tu amo, habló conmigo ha poco en favor tuyo; si favor se llama el que pretendes, que es dejar la casa de un rico hebreo para ser humilde Lacayo de tan pobre caballero.

Lanzarote. Aquí encaja como de molde el antiguo adagio: Vos, señor, tenéis la gracia de Dios, y mi amo tiene su hacienda.

Basanio. Bien dicho está. Ve, padre, con tu hijo. Despídete de Shylock, y pregunta por mi morada. [*A los Criados*] Dadle una mejor que las demás. Hacedlo luego.

Lanzarote. Adelante, padre. No sé buscarme yo un acomodo, ¡ca! No tengo yo lengua en la cabeza, que digamos. Pues como haya otro hombre en Italia que tenga mejor tabla que ésta [*mirándose la palma de la mano*], y que prometa mejor fortuna, ni más segura... Vaya que es hermosa esta raya cabalística. No son pocas mujeres las que me van a tocar: ¡friolera! Digo: quince mujeres... ¡friolera! Once viudas y nueve doncellas no es mala ración para un hombre solo. Luego: estar tres veces a punto de ahogarme, y salir a salvo; y correr peligro de estrellarme contra el canto de un lecho de plumas. ¡No es poca suerte, que digamos! La fortuna será mujer, pero lo cierto es que se porta bien conmigo. Vámonos, padre: me despediré del judío en un abrir y cerrar de ojos.

(Vanse Lanzarote y el viejo Gobbo)

Basanio. No descuides mi encargo, buen Leonardo. Una vez adquiridos los objetos, y distribuidos ordenadamente, vuélvete sin tardar; porque esta noche festejo a mis amigos más queridos. Despacha, ve.

Leonardo. Lo cumpliré sin taita.

(Entra Graciano)

Graciano. ¿Do está vuestro amo?

Leonardo. -Vedle allí en persona.

(Vase)

Graciano. ¡Señor Basanio!

Basanio. ¿Qué mandáis, Graciano?

Graciano. Tengo una petición que haceros.

Basanio. Dadla por concedida.

Graciano. No os neguéis, os ruego. Os quiero acompañar hasta Belmonte.

Basanio. Si es menester, que sea. Pero escucha, Graciano: eres voluble por extremo, y turbulento y libre en tu lenguaje, dotes que cuadran bien a tu persona, y que de tus amigos a los ojos defectos no serán. Pero entre extraños que tu bondad ignoran, fuera fácil que por libres chocasen. Te suplico que procures templar tu humor alegre con una breve dosis de cordura, a fin de que tu genio vivaracho No sea interpretado en mal sentido allá en Belmonte, y queden defraudadas Mis esperanzas.

Graciano. Escuchad, Basanio: si no me revistiese de cordura, Hablando con respeto, y renegando tan sólo alguna que otra vez con tiento; si no llevase siempre en el bolsillo algún misal, con aire de gazmoño; y es más; si al dar las gracias en la mesa, no me tapare, con devoto ceño, los ojos con la gorra, y no dijere Con un suspiro amén; si no observare los mandamientos del urbano trato, bien como aquel que en ocasión solemne ensaya su papel por dar en todo gusto a su abuela, pierda vuestra estima.

Basanio. El tiempo lo dirá.

Graciano. Pero esta noche no entra en la cuenta: no debéis juzgarme Por lo que hiciere en ella.

Basanio. No por cierto; lástima fuera. Por favor os pido que antes hagáis inusitado alarde de humor y de gracejo, que esta noche mis convidados estarán de broma. Pero quedad con Dios, pues mis negocios me obligan a dejaros.

Graciano. Y yo en busca voy de Lorenzo y los demás amigos. A la hora de la cena nos veremos. *(Vanse)*

Escena III

[Una sala de la casa de Shylock en Venecia]

(Entran Jésica y Lanzarote)

Jésica. Siento que así nos dejes. Esta casa es un infierno; y tú, diablillo alegre, en parte disipabas su tristeza. Mas ve en buen hora, y toma este ducado. Fuerza es que veas a Lorenzo luego, pues cenará esta noche con tu amo. Dale esta carta, y hazlo con sigilo. Vete con Dios. No quiero que mi padre me vea hablar contigo aquí en secreto.

Lanzarote. ¡Adiós! Mis lágrimas te dirán lo que calla mi lengua. ¡Hermosísima pagana, dulcísima judía! Mucho me engaño, o me temo que algún pícaro cristiano se va a perder por causa tuya. ¡Adiós! Estas lágrimas que vierto, ahogan en parte mi ánimo varonil. ¡Adiós!

Jésica. Vete en buen hora, Lanzarote amigo.

(vase Lanzarote)

¡Triste de mí!, ¡de qué nefando crimen Culpable soy! ¡Oh Dios!, ¡me da vergüenza ser hija de mi padre! Sin embargo, por más que sea su hija por la sangre, no lo soy de su fe ni sus costumbres. Sé fiel, Lorenzo, cumple tu promesa, y fin darás a lucha tan constante: Seré cristiana, y tu mujer amante.

(Vase)

Escena IV

[Una calle de Venecia]

(Entran Graciano, Lorenzo, Salarino y Salanio)

Lorenzo. Saldremos del festín furtivamente; podremos disfrazarnos en mi casa, y estar de vuelta luego en una hora.

Graciano. Nos damos poca maña en arreglarlo.

Salarino. Aun no están prevenidos los hacheros.

Salanio. Si no se lleva a cabo lindamente, valiera más no acometer la empresa.

Lorenzo. Las cuatro son no más: tiempo hay de sobra hasta las seis para arreglarlo todo.

(Entra Lanzarote con una carta)

¿Qué nuevas traes, Lanzarote amigo?

Lanzarote. Si queréis daros la molestia de abrir esta carta, ella os lo dirá.

Lorenzo. Conozco bien la letra, y bien la mano que la escribió. Querida mano, y blanca más que el papel en que trazó mi dicha.

Graciano. Nuevas de amor encerrará, sin duda.

Lanzarote. Con vuestro permiso, señor.

Lorenzo. ¿Adonde vas?

Lanzarote. A fe, voy a convidar a mi antiguo amo, el judío, a cenar esta noche en casa de mi nuevo amo, el cristiano.

Lorenzo. Espera; toma. Y di a la hermosa Jésica que iré sin falta. Díselo en secreto.

(Vase Lanzarote)

Ya es hora, caballeros, de aprestarnos Para el disfraz nocturno. Por mi parte Ya tengo hachero.

Salarino. En busca iré del mío.

Salánio. Y yo también.

Lorenzo. Nos juntaremos todos dentro de una hora en casa de Graciano.

Salarino. Allí nos hallaréis.

(Vanse Salarino y Salanio)

Graciano. Decidme, os ruego: ¿No era esa carta de la hermosa hebrea?

Lorenzo. Me es fuerza revelarte cuanto ocurre. De ella es. Me escribe de qué suerte trata de huir conmigo del paterno techo, de paje disfrazada, y me da cuenta del oro y los joyeles que posee. Si alguna vez se salva aquel judío, será por causa de su hermosa hija: Es tanta su virtud, que la desgracia tan sólo osara entristecer su vida, escudada tal vez con el pretexto de que desciende de un infiel judío. Venid conmigo y leed la carta en tanto la bella hebrea llevará mi antorcha.

(Vanse)

Escena V

[Calle delante de la casa de Shylock]

(Entran Shylock y Lanzarote)

Shylock. Ya, ya verás: te lo dirán tus ojos lo que va del judío al tal Basanio. Jésica, sal. No engullirás sin tasa Como en mi casa hacías. Vamos, hija. No pasarás roncando el día entero, ni cada mes podrás gastar un traje. Sal, Jésica, te digo; sal.

Lanzarote. ¡Sal, Jésica!

Shylock. ¿Quién te manda llamar? ¿Fuí yo, por dicha?

Lanzarote. Vuestra merced solía echarme en cara que yo no sabía hacer nada sin que me lo mandaran.

(Entra Jésica)

Jésica. ¿Llamáisme, padre? ¿Qué queréis?, decidme.

Shylock. Hija, me han convidado a cenar fuera: Toma mis llaves. Pero, ¿por qué asisto? Pues sé que por amor no me convidan: Me quieren adular. No importa, sólo por odio iré, por regalarme a costa del pródigo cristiano. Tú, hija mía, mira por mi morada. Voy inquieto: Algún trastorno mi reposo amaga, Pues anoche soñé con bolsas de oro.

Lanzarote. No dejéis de ir, señor. Mi amo cuenta con vuestra próxima llegada.

Shylock. Y yo con la suya.

Lanzarote. Y han armado una trama entre ellos. No diré que veréis una mascarada; pero si la veis, no en balde eché sangre por las narices el último lunes de Pascua, sucediéndome lo propio cuatro años ha, por miércoles de ceniza.

Shylock. ¿Hay máscaras quizá? Jésica, escucha: Las puertas todas cierra bien con llave, y si oyeras estruendo de tambores, y el vil chillido del clarín agudo, no te asomes incauta a la ventana, ni saques a la calle tu cabeza, para ver bufonadas de cristianos con barnizados rostros; sino al punto tapa tú los oídos de mi casa; quiero decir que mis ventanas cierres; no dejes que penetre en mi modesta morada el vano ruido de la orgía. Por el cayado de Jacob te juro que tengo poco humor de andar en fiestas: Y sin embargo iré. Ve tú delante y anuncia mi llegada.

Lanzarote. Voy delante. [*Aparte a Jésica*] A pesar de todo, amita mía, no dejéis de asomaros a la ventana: Pues pasará un cristiano digno de vuestra mano.

(Vase Lanzarote)

Shylock. ¿Qué murmura ese necio de la estirpe de Agar maldita?

Jésica. Adiós tan sólo dijo.

Shylock. Es mozo de buen fondo; pero peca de glotón y tardío en el trabajo: Duerme de día más que gato agreste: En mi colmena zánganos no anidan. Por eso le despido, y porque ansío verle al servicio de uno a quien quisiera que ayudara a gastar en breve tiempo Su prestada fortuna. Entra, hija mía: Tal vez vuelva muy pronto. Haz lo que mando: Retírate y las puertas cierra al punto, que joya bien guardada es presto hallada; máxima siempre viva en alma honrada.

(Vase)

Jésica. Si en males no es mi suerte asaz prolija. Pronto estaré sin padre, y vos sin hija.

(Vase)

Escena VI

[La misma decoración que la anterior]

(Entran Graciano y Salarino con máscaras)

Graciano. Éste es el tejadillo a cuya sombra nos ha de hallar Lorenzo.

Salarino. Mucho tarda, ya es la hora de la cita.

Graciano. Y es extraño que falte a ella, pues el pecho amante más raudo que el reloj las horas cuenta.

Salarino. Diez veces más veloz el vuelo tienden las tórtolas de Venus cuando acuden a confirmar de un nuevo amor los votos, que cuando importa entretener el fuego de antigua fe jurada.

Graciano. Es ley forzosa. ¿Quién se levanta de banquete opimo Con apetito igual al que tuviera cuando empezó la fiesta? ¿Qué caballo Desanda la carrera fatigosa con brío igual al que mostró primero cuando emprendió fogoso la jornada? Así es en todo: más deleite ofrece lograr la dicha que gozarla luego. Cuan semejante al pródigo la nave deja orgullosa su nativo golfo, de flámulas ufana revestida, por el liviano viento acariciada. Cuan semejante al pródigo regresa luego al nativo golfo, el casco hundido, hechas las velas trizas, rota y triste, por el liviano viento empobrecida.

Salarino. Lorenzo aquí se acerca. Suspendamos Nuestra plática ahora.

(Entra Lorenzo)

Lorenzo. Amigos míos: perdón os pido por mi larga ausencia: No me culpéis a mí, culpad mi boda; cuando os tocare hacer papel de cacos para lograr esposas, os prometo tener paciencia igual. Venid: reside aquí mi padre Shylock. ¡Ah de casa!

(Jésica en traje de paje se asoma a la ventana)

Jésica. Decid quién sois para mayor certeza, aunque jurara que esa voz conozco.

Lorenzo. Lorenzo soy, mi bien, tu fiel amante.

Jésica. Que eres Lorenzo y en verdad mi amante el propio corazón me lo asegura. Dime, Lorenzo, ¿hay quién tal vez sospeche, Fuera de ti, que yo tu amante sea?

Lorenzo. El cielo y tu cariño lo atestiguan.

Jésica. Toma esta caja; mira que es preciosa. Bien haya el negro manto de la noche que no te deja verme, pues vergüenza me da el disfraz con que mi sexo oculto. Pero el amor es ciego, y los amantes no ven las mil locuras que cometen; Si así no fuera, pienso que Cupido Se sonrojara al verme trasformada De tímida doncella en bravo paje.

Lorenzo. Baja; es forzoso que mi hachero seas.

Jésica. ¿Quieres que con mi mano haga patente mi propia ligereza, asaz liviana? Mira que eso es ponerme en evidencia Cuando me importa más estar oculta.

Lorenzo. Lo estás, mi bien, bajo el galán ornato de lindo paje. Pero baja pronto: la noche a más andar huye callada; y en el festín Basanio nos espera.

Jésica. Voy a cerrar las puertas, y a dorarme con más ducados. Soy contigo ai punto.

(Se retira)

Graciano. ¡Por mi sayo, es gentil y no judía!

Lorenzo. ¡Malhaya mi fortuna si no la amo! Pues es discreta, si juzgarla puedo; y es bella, si mis ojos no me eneañan, y es fiel, pues ya de serlo dio mil pruebas; por eso aquí en mi pecho eternamente, Discreta, bella y fiel, guardarla juro.

(Entra Jésica)

Llegaste al fin. Partamos, caballeros; Que nos aguardan nuestros compañeros.

(Vanse Lorenzo, Jésica y Salarino)

(Entra Antonio)

Antonio. ¿Quién va?

Graciano. ¡Señor Antonio!

Antonio. ¿Estáis a solas, Graciano? ¿Y los demás? Ya son las nueve, y los amigos todos os esperan. No habrá esta noche máscaras: el viento se ha levantado ya, y en breve rato Se embarcará Basanio. En vuestra busca acabo de mandar a más de veinte.

Graciano. ¿Qué me dices? ¡Oh gozo! Sople el viento: De verme a bordo ya deseos siento.

(Vanse)

Escena VII

[Una sala de la quinta de Porcia en Belmonte]

(Entran Porcia y el Príncipe de Marruecos, con sus acompañamientos)

Porcia. Descorre las cortinas, y los cofres ante este noble príncipe descubre. Haced vuestra elección.

Marruecos. De oro el primero, y esta leyenda en él: "Quien me eligiere, alcanzará lo que ambicionan muchos". De plata es el segundo: en él grabada esta promesa está: "Quien me eligiere, -Lo que merece alcanzará, sin duda". De deslucido plomo es el tercero, y en él grabada veo esta advertencia Ruda como el metal: "Quien me eligiere, habrá de dar y aventurarlo todo". ¿Cómo sabré si elijo con acierto?

Porcia. En uno de ellos se halla mi retrato, si dais con él, soy vuestra para siempre.

Marruecos. Guíe algún dios mi mente. Con cuidado leamos otra vez las inscripciones. ¿Qué dice el plomo vil? "Quien me eligiere, habrá de dar y aventurarlo todo". Habrá de dar... ¿Y dar por qué?, ¿por plomo? ¿Aventurar por plomo? Triste premio: Aquel que todo lo aventura, lo hace con esperanza de ventaja cierta: Al alma noble no seduce el temple de vil escoria. Por lo tanto, nada doy ni aventuro a cambio de vil plomo. ¿Qué dice el argentado cofrecillo de candido matiz? "Quien me eligiere, lo que merece alcanzará sin duda". Lo que merece... Párate, Marruecos, y pesa tu valor con mano firme. Si de mi propia estima el fallo escucho, mi mérito no es poco, aunque bastante tal vez no sea a merecer tal dama.

Por otra parte fuera cobardía dudar de mi valer... ¿Lo que merezco? ¿Qué puede ser más que esta noble dama? Soy digno de ella por mi cuna y prendas, Por mi fortuna, por mi rango y brío, y más que todo, por mi amor ardiente. En duda estoy. ¿Proseguiré eligiendo, O he de pararme aquí? Por vez segunda veamos lo que dice esta leyenda Que en oro escrita está: "Quien me eligiere, alcanzará lo que ambicionan muchos". Ella es, sin duda: es esta noble dama. El universo entero la codicia, pues de los cuatro extremos de la tierra acuden fieles a besar el ara en donde alienta tan divina imagen. Los páramos de Hircania y vastos yermos de la arenosa Arabia, trasformados Se ven hoy en caminos bulliciosos Por viandantes príncipes que afluyen a ver a Porcia bella. El ancho reino De las saladas ondas, cuyas crestas se atreven a escupir en cara al cielo, no es parte a detener a nobles hijos de playas apartadas; llenos de ansia, cruzan el mar cual si arroyuelo fuera, por ver a Porcia bella.

En uno de estos Tres cofres encerrada está su efigie. ¿Será posible que la encierre el plomo? Crimen fuera pensarlo, que es indigno tan vil metal de amortajar sus restos en tenebrosa tumba. ¿Y es posible que en plata esté encerrada, que es diez veces menos precioso que el metal dorado? Villano pensamiento. Nunca joya de tal valor se vio sino en engaste de oro puro. En Inglaterra tienen una moneda que de un ángel muestra la estampa en oro impresa. Allí grabado el ángel solo está; y aquí de hecho un ángel yace en tálamo de oro. Dadme la llave: mi elección es ésta, sea cual fuere el premio que me aguarda.

Porcia. Tomadla, y si en el cofre halláis mi efigie, vuestra seré.

(Abre el cofre de oro)

Marruecos. Por Satanás! ¿Qué es esto? Tétrica calavera en cuya hueca órbita hallo un papel. Leeré el escrito.

(Lee)

"No todo lo que reluce Oro puro es del crisol; Así dice antiguo adagio, Vos sabéis si con razón. ¡Cuántos vendieron la vida Sólo por ver mi exterior! El sepulcro más dorado Es de gusanos mansión. Si discreto hubieseis sido Tanto como osado sois, Si tuvierais tanto seso Como pujanza y valor, No de tal modo os hablara Hueca mi fúnebre voz. Idos, pues, en hora buena; Fría es vuestra pretensión".

(Habla) Fría es, en verdad, y triste; Mi esperanza se voló, Trocando en desdén helado Todo el fuego de mi amor. Adiós, hermosa Porcia; el desengaño Me roba el habla. Triste es la partida De aquel que llora una ilusión perdida.

(Vase)

Porcia. ¡Oh dicha! El velo corre. Cuantos vengan de su color, la misma suerte tengan.

(Vanse)

Escena VIII

[Una calle de Venecia]

(Entran Salarino y Salanio)

Salarino. Basanio ya navega viento en popa, Graciano le acompaña, y en su nave me consta que Lorenzo no se encuentra.

Salanio. El picaro judío pidió apoyo al mismo duque, y le llevó consigo a registrar la nave de Basanio.

Salarino. Llegaron tarde, estaba ya a la vela, pero en el puerto supo el duque que algunos habían visto en góndola poco antes a Lorenzo con Jésica-su amada. Por otra parte Antonio aseguróle que no se hallaban con Basanio a bordo.

Salanio. No vi jamás enojo tan confuso, tan extraño, violento y tan mudable Como el que de ese perro de judío Se apoderó en la calle. Así gritaba: "¡Mi hija!, ¡ay mis ducados!, ¡ay mi hija! ¡Huyó con un cristiano!, ¡ay mis ducados! ¡Justicia!, ¡mis ducados y mi hija! ¡Una bolsa sellada, no, dos bolsas, repletas de ducados, de doblones, me han sido arrebatadas por mi hija! ¡A más de joyas: dos preciosas piedras de gran valor; me las robó mi hija! ¡Justicia! ¡Que la busquen!" ¡Lleva ocultos en su persona joyas y ducados!"

Salarino. Los chicos por las calles de Venecia le persiguen gritando: ¡Ay mis ducados, mis joyas y mi hija!

Salanio. El buen Antonio su enojo probará, si por desdicha el trato no cumpliere.

Salarino. Fuera fácil. Hablando ayer con un francés, me dijo que en los estrechos mares que separan a Francia de Inglaterra, rica nave de nuestro puerto naufragado había. Pensé en Antonio luego, y en silencio, Por que no fuera suya, votos hice.

Salanio. Haríais bien en revelar a Antonio lo que os dijeron; pero con cautela, No sea que le aflija la noticia.

Salarino. No hay en la tierra corazón más noble. No ha mucho presencié la despedida que tuvo con Basanio, quien le dijo que era su intento apresurar su vuelta. Y aquél le contestó: "No hagáis tal cosa; ni por mi causa desgraciéis, Basanio, asunto tal. Dar tiempo al tiempo importa. En cuanto a la fianza que al judío en prenda di; no os pase por la mente, que amor embarga.

Estad alegre, y sólo ocupe vuestros altos pensamientos cuidado de lograr, por mil alardes de amor y galanteos, vuestra dicha". Dijo, y el llanto reprimiendo apenas, y volviendo la faz, tendió la mano, y con afecto tierno al fiel amigo la diestra le estrechó por vez postrera.

Salanio. Para él tan sólo vive, según creo. Vamos a verle y con algún deleite tratemos de aplacar la negra pena que sin cesar le aflige.

Salarino. Vamos pronto.

(Vanse)

Escena IX

[Una sala de la quinta de Porcia en Belmonte]

(Entran Nerisa y un criado)

Nerisa. Descorre la cortina, date prisa, que ya el infante de Aragón se acerca a su elección: prestó ya el juramento.

(Entran el Infante de Aragón, Porcia y sus acompañamientos. Suenan clarines)

Porcia. Allí tenéis los cofres, noble Infante: Si dais con el que encierra mi retrato, la mano en matrimonio os daré luego. Si el hado os fuere adverso, será fuerza que os alejéis sin proferir palabra.

Aragón. El juramento que presté me obliga tres cosas a observar: primeramente: No revelar jamás cuál de los cofres fué el que elegí. Después: si no acertase en elegir el que el retrato encierra, prometo no pedir en casamiento nunca a doncella alguna; y la tercera: Dejaros sin demora, si el destino me fuere adverso en la elección dudosa.

Porcia. Son condiciones que cumplir prometen cuantos acuden a probar fortuna, y a pretender a mi persona indigna.

Aragón. Y yo cumplirlas juro. Amiga suerte, mi dicha calma, y dame luz y acierto. Plata, oro y plomo vil. "Quien me eligiere, habrá de dar y aventurarlo todo". Habrás de parecer más bello antes que piense en dar ni aventurar. ¿Qué dice El cofre de oro? A ver. "Quien me eligiere alcanzará lo que ambicionan muchos".

Lo que ambicionan muchos. Estos muchos Serán la necia multitud que escoge por la apariencia, y su criterio funda sólo en la loca vista, que no indaga El fondo de las cosas; semejante al atrevido alvión que el nido cuelga junto al alero, expuesto a la intemperie donde el peligro sin cesar le amaga. No elegiré lo que ambicionan muchos. No he de precipitarme como el vulgo de bajas almas, ni igualarme quiero A muchedumbre bárbara y sin juicio. A ti me vuelvo, de luciente plata Arca preciosa. El título que ostentas dame otra vez a leer. "Quien me eligiere lo que merece alcanzará sin duda". Y muy bien dicho está; pues ¿qué alma honrada tratará de vencer el hado esquivo sin mérito real? Nadie presuma de inmerecidas honras revestirse. Feliz el día en que por baja intriga timbres, empleos y honras no se logren, y sean los honores justo premio al mérito del alma esclarecida que de ellos se reviste.

¡Cuántas frentes con honra se cubrieran, que hoy humildes desnudas siempre están! ¡De los que mandan, cuántos trocaran su poder y mando en obediencia humilde! ¡Cuánta escoria arrojaría la encumbrada alteza de grandes y magnates! ¡Y honra cuánta halláramos oculta bajo el lodo y ruina de esta edad, que digna fuera De noble galardón! Pero escojamos. "Lo que merece alcanzará, sin duda". Mérito arrogaré. Dadme la llave, Que en este cofre mi fortuna vea.

Porcia. Larga la pausa ha sido para el breve premio que allí hallaréis.

Aragón. ¿Qué es lo que veo? La efigie de un idiota que guiñando los ojos una esquela me presenta. Leeré el escrito. ¡Cuán diverso eres de Porcia encantadora! ¡Cuán diverso de mis merecimientos y esperanzas! "Lo que merece alcanzará sin duda quien me eligiere". ¿Nada más merezco? ¿La efigie de un idiota? ¿Es éste acaso mi galardón? ¿Mi mérito es tan corto?

Porcia. Juzgar no es ofender: son dos acciones opuestas entre sí.

Aragón. ¿Qué dice el rollo?

(Lee)

"Siete veces por la llama fué probado este metal; tantas pruebas necesita el juicio, si no ha de errar. Gentes hay que vanas sombras toman por la realidad, no es extraño que su dicha sombra sea y nada más. A un idiota hallaste oculto bajo el cándido metal: Muchos necios en el mundo hay que visten tal disfraz. Cásate con quien quisieres, por emblema me tendrás. Con esto te despido para siempre. Vete en paz".

(Habla)

No alejarme sin demora fuera mayor necedad: Con cabeza de insensato aquí vine a cortejar, y ora burlado me vuelvo con la mía y otra más. Porcia, adiós; mi juramento prometo no quebrantar.

(Vase el Infante de Aragón y su séquito)

Porcia. Cual mariposa con quemadas alas, se aleja de la llama escarmentado. ¡Qué necios son! Su propia sutileza. Es causa de su engaño y su torpeza.

Nerisa. Verdad dice el refrán: Sólo el destino a la horca y al altar lleva al mezquino.

Porcia. Vamos, Nerisa, corre las cortinas.

(Entra un Lacayo)

Lacayo. ¿Dónde está mi señora?

Porcia. Aquí, mi amo.

Lacayo. A vuestro umbral acaba de apearse un joven veneciano, que a anunciaros viene de su señor, a quien precede, la próxima llegada, y a ofreceros, a más de sus servicios respetuosos, dones de gran valor. A fe parece embajador del mismo dios Cupido. No amaneció jamás en primavera, Nuncio lozano del fecundo estío, risueño albor tan lleno de fragancia como el correo que al galán anuncia.

Porcia. ¡Calla por Dios! Tan elocuentes frases gastas en ponderarle, que me temo que acabes por decir que es deudo tuyo. Vámonos ya, Nerisa; ver deseo Del dios Cupido tan galán correo.

Nerisa. Basanio es quien le sigue, según creo.

(Vanse)

Acto III

Escena I

[Una calle de Venecia]

(Entran Salanio y Salarino)

Salanio. Decidme: ¿qué nuevas hay en el Rialto?

Salarino. Pues se susurra allí, sin que nadie lo desmienta, que una nave de Antonio, cargada de ricas mercancías, ha naufragado en los estrechos mares, los Goodwins, creo que se llama el punto, que es uno de los bajíos más peligrosos y más fatales, en donde yacen sepultados los restos de no pocas orgullosas naves. Esto es lo que hay, según dicen, a ser mujer honrada y de palabra mi chismosa comadre la fama.

Salanio. Ojalá mintiera en esa particularidad más que la comadre más chismosa de cuantas comieron galleta, o trataron de hacer creer a sus vecinas que lloraban la muerte de un tercer marido. Pero lo cierto es que, sin rodeos ni prolijidades, y sin apartarse del camino llano del discurso, que el buen Antonio, el honrado Antonio... ¡Oh, tuviera yo un epíteto bastante digno para hacer compañía a su nombre!

Salarino. Vamos, al grano.

Salanio. ¿Al grano dices? Pues el hecho es que ha perdido un bajel.

Salarino. ¡Ojalá fuera ésta su última pérdida!

Salanio. ¡Amén!, dirélo a tiempo, no sea que el demonio contraríe mi oración, pues aquí se acerca en forma de judío.

(Entra Shylock)

¿Qué tal, Shylock? ¿Qué dicen de nuevo los mercaderes?

Shylock. Bien lo sabéis: nadie, nadie mejor que vosotros sabía la fuga de mi hija.

Salarino. Es cierto. Yo, por mi parte, conocía al sastre que cortó las alas con que emprendió el vuelo.

Salanio. Y Shylock, por su parte, sabía muy bien que el pájaro había echado plumas; en cuyo caso, es condición común de todas las aves el dejar el nido.

Salarino. Será condenada por eso.

Salanio. Sin duda alguna, si el demonio ha de ser su juez.

Shylock. ¡Rebelarse mi propia carne y sangre!

Salanio. ¡Calla, vieja momia! ¿A tal edad se rebela?

Shylock. Digo, que mi hija es mi propia carne y sangre.

Salanio. Más variedad hay entre tu carne y la suya, que entre el azabache y el marfil, más entre tu sangre y la de ella, que entre vino tinto y vino del Rhin. Pero, decidnos: ¿habéis oído algo de la pérdida que dicen ha sufrido Antonio en la mar?

Shylock. Ahí tengo otra ganga: un insolvente, un pródigo que no osa enseñar la cara en el Rialto. Un pordiosero, que solía lucir el garbo paseándose por la playa. Que mire por su fianza. Me solía llamar usurero. Que mire por su fianza. Solía prestar dinero por cristiana cortesía. Que mire por su fianza.

Salarino. Pero estoy seguro que si falta al contrato, no tomarás su carne. ¿De qué te serviría?

Shylock. De cebo para pescar. Alimentará mi odio ya que no otra cosa. Me ha arruinado, me ha privado de ganar medio millón; se ha reído de mis pérdidas, se ha mofado de mis ganancias; ha ultrajado a mi pueblo, ha desbaratado mis tratos, ha enfriado a mis amigos, ha enardecido a mis enemigos; ¿y por qué razón? Porque soy judío. ¿No tiene ojos el judío? ¿No tiene manos el judío? ¿No tiene órganos, miembros, sentidos, afectos y pasiones? ¿No se nutre del mismo alimento, no se le hiere con las mismas armas, no está sujeto a las mismas dolencias, no se cura con los mismos remedios, no se calienta, no se hiela al calor y al frío del mismo verano y del mismo invierno que el cristiano? Si nos punzáis, ¿no echamos sangre? Si nos hacéis cosquillas, ¿no nos reímos? Si nos envenenáis, ¿no nos morimos? Y si nos hacéis agravio, ¿no nos hemos de vengar? Si nos parecemos en lo demás, nos pareceremos también en esto.

Si un judío hace agravio a un cristiano, ¿qué hace éste en su humildad? Vengarse. Si un cristiano hace agravio a un judío, ¿qué le enseña el ejemplo de la humildad cristiana? Venganza. He de practicar la maldad que me enseñáis, y poco he de poder, o he de aventajar a mis maestros.

(Entra un Criado)

Criado. Caballeros, mi amo el señor Antonio está en casa, y desea hablar con los dos.

Salarino. Hemos dado mil vueltas buscándole.

(Entra Tubal)

Salanio. Aquí viene otro de la misma tribu; no fuera posible hallar un tercero que les iguale como no se volviese judío el mismo demonio.

(Vanse Salanio, Salarino y el criado)

Shylock. Pues bien, Tubal: ¿qué nuevas me traes de Génova? ¿Has hallado a mi hija?

Tubal. Oí hablar de ella en muchas partes, pero no la pude hallar.

Shylock. Ya ves, ya ves: he perdido un diamante que me costó dos mil ducados en Francfort. Nunca hasta ahora cayó la maldición sobre nuestra raza; yo nunca la sentí hasta ahora: dos mil ducados del diamante, y otras preciosas, preciosísimas joyas. ¡Viera yo a mi hija muerta a mis pies, y las joyas en sus orejas! ¡Viérala yo amortajada a mis pies, y los ducados en su ataúd! ¿Y no sabes nada de ellos? ¡Malhaya! Y aun no sé cuánto llevo gastado en buscarla. ¡Ay!, pérdida tras pérdida. Se ha huido el ladrón con tanto, se ha gastado tanto en buscar al ladrón, y aún no logro satisfacción, ni venganza. No sucede desgracia alguna que no caiga sobre mis hombros; no hay congoja que yo no exhale, ni lágrima que yo no vierta.

Tubal. También otros tienen desgracia: Antonio, según oí decir en Génova...

Shylock. ¿Qué, qué, qué? ¿Alguna desgracia? ¿Alguna desgracia?

Tubal. Ha perdido una nave procedente de Trípoli.

Shylock. ¡Gracias a Dios!, ¡gracias a Dios! ¿Es cierto?, ¿es cierto?

Tubal. Hablé con algunos de los marineros que se salvaron del naufragio.

Shylock. Te doy las gracias, querido Tubal. ¡Buenas noticias, buenas noticias! ¡Ja, ja! ¿Dónde?, ¿en Génova?

Tubal. Vuestra hija gastó en Génova, según oí decir, ochenta ducados en una noche.

Shylock. Me clavas un puñal: no volveré a ver mi dinero. ¡Ochenta ducados en una noche!, ¡ochenta ducados!

Tubal. Vine a Venecia en compañía de varios acreedores de Antonio, los cuales juran que no podrá por menos de declararse en quiebra.

Shylock. Me alegro. Le haré padecer, le haré sufrir tormento. Me alegro.

Tubal. Uno de ellos me enseñó una sortija que recibió de vuestra hija en pago de un mono.

Shylock. ¡Maldita sea! Me das tortura: fué mi turquesa. Leahme la regaló, siendo yo aún soltero. No la hubiera dado por un desierto lleno de monos Tubal. Pero Antonio ciertamente está arruinado.

Shylock. Menos mal: eso es verdad, eso sí que es verdad. Ve, Tubal, ajústame a un alguacil; tenle prevenido con quince días de anticipación. Si falta al contrato, le sacaré el corazón; pues si no estuviera en Venecia, haría yo los negocios que quisiese. Ve, ve, Tubal, nos juntaremos en tu sinagoga. Ve, buen Tubal; en tu sinagoga, Tubal.

(Vanse)

Escena II

[Una sala de la quinta de Porcia, en Belmonte]

(Entran Basanio, Porcia, Graciano, Nerisa y acompañamiento. Los cofres están descubiertos)

Porcia. Que no os apresuréis, por Dios os pido. Aun por un día o dos tened paciencia, antes de aventuraros, que en errando el cofre, pierdo vuestra compañía. Obrad despacio. Un no sé qué me dice (No penséis que es amor) que no quisiera Veros partir, y ya sabéis que el odio en tal sentido no aconseja nunca. Mas por si acaso no me explico claro (Aunque otra lengua la doncella honrada que la del pensamiento no posee), diré que deteneros a mi lado quisiera un mes o dos, en cuyo tiempo fácil fuera enseñaros el camino para no errar.

Mas ¡ay! perjura fuera, si tal hiciese, y no he de serlo nunca, por más que os pierda y no logréis mi mano. Si así sucede, haréis que yo lamente No haber pecado quebrantando un voto. ¡Mal hayan vuestros ojos! Con su brillo Hanme partido en dos: mitad del alma os pertenece a vos, y la otra es vuestra; mía quise decir; pero si es mía, también es vuestra, y toda vuestra quedo. ¡Ay! Esta edad malvada pone trabas entre los poseedores y sus justos legítimos derechos; de tal suerte, que vuestra soy, y en uno no soy vuestra. Aunque así fuere, quiero que el destino la culpa pague y al infierno vaya, no yo. Charlo sin tasa, pero lo hago por refrenar el tiempo en su carrera, por detener su vuelo, y de esa suerte dar tregua a la elección.

Basanio. Dejad que el fallo del hado sepa, que en el potro vivo.

Porcia. ¿En el potro, Basanio? Pues, decidme: ¿Existe en vuestro amor traición alguna?

Basanio. La vil traición tan sólo del recelo: Me hace dudar del logro de mi dicha. Antes habrá amistad y unión estrecha entre el fuego y la nieve, que no alianza entre mi amor y la traición astuta.

Porcia. Temo que estéis hablando desde el potro, do el hombre a pesar suyo el habla suelta.

Basanio. En vuestra mano está mi vida, Porcia: Dádmela, y os diré la verdad pura.

Porcia. Decídmela y vivid.

Basanio. Dijerais antes. Decídmela y amad, e inútil fuera mi confesión, que amar es mi delito. Feliz tormento en que el verdugo ofrece remedio salvador al mismo reo. Ora a los cofres a probar fortuna.

Porcia. Id, pues. Oculta en uno de ellos yazgo: y si me amáis, no dejaréis de hallarme. Retírate, Nerisa; atrás vosotros; y en tanto que haga su elección, resuene música en derredor. Si acaso yerra, cual cisne morirá que el alma exhala al son de acorde acento; y porque el símil más propio sea, le darán mis ojos nativas ondas y mortuorio lecho podrá vencer: entonces la armonía será cual toque de marcial trompeta que el pueblo llama a saludar con votos de amor leal a rey recién ungido. Resonará cual notas de alegría que al despuntar el alba en las orejas de embelesado novio se introducen, llamándole a la boda. Vedle ahora cual se adelanta impávido, con brío tanto y con más amor que Alcides, cuando a Troya redimió desventurada del pago de la virgen que en tributo diera al marino monstruo en triste día. La víctima yo soy. Allá apartados, son los demás las dárdanas matronas, que con llorosa faz de Ilion salieron la hazaña a presenciar.

Ve, bravo Alcides: sal vencedor, y si tú vives, vivo. Con más afán contemplo yo la lidia que tú que luchas, dando a Marte envidia.

(Canción cantada mientras Basanio examina en silencio los cofres)

Decid; ¿dó nace el amor, en la mente o en el alma? ¿Quién le da vida y vigor para robarnos la calma? Decid, decid.

En los ojos nace amor, de miradas se sostiene y muere por rigor en la cuna donde alienta. Entonemos en su loor dulces cantigas Viva amor!

Todos. ¡Viva amor!

Basanio. Engañadoras son las apariencias: siempre alucina al mundo el vano ornato. Si es en justicia, ¿vióse causa alguna tan mala y tan perversa que abogada por elocuente boca, no perdiese toda apariencia de nefando crimen? En religión, ¿qué error habrá tan craso que no halle defensor que lo sancione con grave aspecto o con sagrada cita, de flores adornando su torpeza? No hay vicio alguno, ni aun el más sencillo, que con la capa de virtud excelsa no cubra su fealdad. ¡Cuántos cobardes De corazón tan falso como gradas talladas en la arena, en sus mejillas del fiero Alcides y ceñudo Marte la barba ostentan, y por dentro vistos, hígados tienen blancos cual la leche! Por hacerse temibles estos bravos el vano ornato del valor se arrogan. Poned los ojos luego en la hermosura: y veréis que se compra por el peso, que en esto obra un milagro sobrehumano, pues hace más livianas a las mismas que más se cubren de sus ricas galas.

No pocas veces los dorados rizos que flotan como sierpes encrespados en rededor de equívoca belleza, son dote de otro cuerpo, cuyo cráneo yace en el polvo de ignorada tumba. El ornamento, pues, no es sino playa de proceloso mar engañadora; no es sino velo de sedosos pliegues, que el rostro encubre de índica hermosura; el ornamento, en suma, es la aparente verdad de la astucia para engañar al más discreto. Por tanto, oro luciente, duro alimento del avaro Midas; y a ti también, vil, mercenaria plata. Pálida y triste prenda entre hombre y hombre. Mas tú, mísero plomo, cuyo aspecto más bien desdicha que favor promete, tu palidez me mueve más que el trino de la elocuencia; a ti te elijo. El cielo De dicha colme mi amoroso anhelo.

Porcia. [*Aparte*] -(Cual de una nube al viento los crespones fenecen todas las demás pasiones, dudosos pensamientos y recelos, temores, desconfianza y locos celos. Amor, tu afán modera, tu ansia calma, templa benigno el éxtasis del alma; sobre mí llueve con mesura el gozo, O harás que el pecho estalle de alborozo.)

Basanio. ¿Qué es lo que encuentro aquí?

(Abre la caja de piorno)

¡De Porcia bella La imagen fiel! ¿Qué semidiós del arte a la verdad logró acercarse tanto? ¿Se mueven estos ojos?, ¿o en los míos reflejados adquieren movimiento? El dulce aliento, más que miel sabroso, aparta un labio de otro: traba digna de separar tan dulces compañeros.

En sus cabellos, hábil cual la araña, ha tejido el pintor la red de oro en que aprisiona humanos corazones, haciendo entre los hombres más estrago que en enjambre de moscas telaraña. Pero ¡sus ojos!... No concibo cómo hacerlos pudo sin cegar. Yo pienso que al acabar el uno, fueran parte sus rayos a cegarle entrambos ojos, quedando el otro por hacer. En vano me esfuerzo a ponderarlo: mi alabanza injuria su retrato, cuanto injuria esta pintada sombra al ser que imita. Aquí la esquela está: sumario breve de cuantas dichas mi fortuna encierra.

(Lee)

"Vos a quien de la apariencia no seduce el resplandor, acanzáis la rara dicha de acertar en la elección: ya que os cupo tal fortuna no busquéis otra mayor. Si os place, y tenéis por dicha la que el hado os deparó, volveos hacia la dama, y con un beso de amor reclamadla para vuestra, como os dicta el corazón".

(Habla)

¡Rollo gentil! Señora, con permiso;

(La besa)

Cumplir lo que me mandan es preciso. Cual gladiador invicto, cuando suena aplauso universal en la ancha arena, la vista gira en rededor y duda si es a él a quien la multitud saluda, dudando estoy de lo que ven mis ojos, hermosa Porcia; y de tus labios rojos oírlo confirmado el alma espera antes que al gozo ceda placentera.

Porcia. Señor Basanio, me tenéis delante, y tal cual soy me veis. Virtud más rara que la que tengo, por mi parte, os juro que no ambiciono;

—

54

mas por vos tan sólo, mejor sesenta veces ser quisiera, mil veces más hermosa, y diez mil veces más rica.

Yo quisiera que en virtudes, en hermosura, en bienes y en amigos fuera sin cuento mi fortuna, sólo porque en mayor estima me tuvierais. Pero en conjunto nada valgo: en suma, Suma de nada soy; cual niña indocta, no aleccionada e inexperta, sólo feliz en una cosa: en que aun no es vieja para aprender; y aun más feliz en otra: en que no fué tan mala su crianza que no pueda aprender; feliz mil veces, por fin, en ser de corazón humilde, que a vos se entrega como fiel vasallo a merced de su rey, señor y dueño. Yo misma, y esta hacienda que fué mía, pasaron a ser vuestras. Ahora mismo, aun era dueño de esta hermosa quinta, señor de mis criados, y monarca de mi persona; y ahora en sólo un punto mi quinta, mis criados y persona son vuestros, dueño mío. Os los entrego junto con este anillo; y si algún día os deshiciereis de él, o lo perdiereis, presagiará su pérdida la ruina de nuestro amor, y me dará derecho a censuraros por tan negra falta.

Basanio. El don del habla me robáis, señora. Mi sangre sólo os grita en estas venas. Reina tal confusión en mis sentidos, cual la que estalla en multitud gozosa que susurrante escucha la elocuente arenga de algún príncipe querido: Las mil palabras que pronuncia sueltas, en una algarabía se confunden de huecos sones que no dicen nada, o sólo expresan el común aplauso, no definido, empero manifiesto. Cuando este anillo de mi dedo parta, huya de mí la vida, y sin reparo decid entonces que Basanio ha muerto.

Nerisa. Señora, y amo mío, ya a nosotros, que espectadores mudos hemos sido del éxito feliz de esta jornada, daros nos toca el parabién sincero: Gozad y sed felices, amos míos.

Graciano. Basanio, mi señor, graciosa dama, cuánta ventura desear pudisteis, Yo para vos deseo; pues me consta que no querréis tenerla a costa mía. Y cuando se dispongan vuesarcedes De vuestra fe a solemnizar el trato, Os rogaré que me otorguéis licencia Para anudar idéntica coyunda.

Basanio. Con toda el alma, si mujer hallares.

Graciano. Gracias os doy, señor: a vos la debo. Tan listos cual los vuestros son mis ojos; Vos los pusisteis en el ama linda; yo en la doncella. Vos, señor, amasteis; yo amé también. Mi amor no sufre trabas, como tampoco el vuestro. Vuestro sino del fallo de los cofres dependía; y de ellos quiso el hado que mi suerte dependiera también. Pues cortejando a esta beldad hasta sudar el quilo, tales, tan tiernos, tantos votos hice, que tengo la garganta enjuta a fuerza de ardientes juramentos. Pero al cabo, si valen las promesas de esta hermosa, una alcancé: la de lograr su afecto, si en la elección lograrais por fortuna la mano de su ama.

Porcia. ¿Es cierto niña?

Nerisa. Señora, lo es, si os place que lo sea.

Basanio. Y vos, ¿obráis de buena fe, Graciano?

Graciano. A fe, señor.

Basanio. Con vuestro casamiento honor dispensaréis a nuestras bodas.

Graciano. Les jugaremos el primer muchacho en mil ducados.

Nerissa. (...)

Gratiano. No (...) Pero, ¿quién se acerca? ¿Es Lorenzo y su hebrea? ¿Y no es el otro el véneto Salanio, amigo mío?

(Entran Lorenzo, Jésica y Salanio)

Basanio. Seais muy bien venidos a esta quinta, Lorenzo, y vos Salanio, si es que alcanza la tierna edad de mi interés reciente a dar la bienvenida en este sitio. Hermosa Porcia, con permiso vuestro, a estos amigos míos y paisanos la bienvenida doy.

Porcia. Yo la confirmo: Muy bien venidos sean.

Lorenzo. Daros gracias por la merced me cumple. Por mi parte, deciros debo que intención no tuve, Señor, de visitaros; mas Salanio, a quien en el camino hallé, con tanto calor me instó, que al fin me fué forzoso ceder y acompañarle hasta la quinta.

Salanio. Tal hice, es cierto y fué con buen motivo.

(Da una carta a Basanio)

Recado os traigo del señor Antonio.

Basanio. Antes de desdoblar la carta os ruego que me digáis cuál se halla el buen amigo.

Salanio. Si no es del alma, enfermedad no tiene; ni tiene bienestar, sino en el alma. Su carta os dará cuenta de su estado.

Graciano. Nerisa, anima a la recién llegada; dale la bienvenida. Buen Salanio, Venga esa mano. ¿Hay nuevas de Venecia? ¿Qué hace aquel noble mercader Antonio? Le alegrará, sin duda, la noticia de nuestra suerte: somos los Jasones: Al fin hemos ganado el vellocino.

Salanio. ¡Así hubiereis ganado el vellocino que perdió!

Porcia. Siniestro debe ser el contenido de aquella carta: advierto que a Basanio Le roba la color de la mejilla. La muerte anunciará de un buen amigo; Pues otra causa no hay que obrar pudiera Cambio tan grande en ánimo constante. Va de mal en peor. Licencia os pido, Basanio; soy mitad de vos, y es justo Que a mí me toque la mitad de cuantas Desdichas os trajere aquese pliego.

Basanio. ¡Oh amada Porcia! En este breve escrito, trazadas hallo algunas de las frases Más tristes que jamás papel mancharon. Porcia gentil, cuando por vez primera os revelé mi afecto, sin rebozo sabéis que os dije que mi hacienda toda corría en estas venas: que era hidalgo; y la verdad os dije. Mas, con todo, veréis cuán jactancioso fué mi aserto, aun estimando en cero mi fortuna.

Pues cuando os dije que era tal mi estado, a ser veraz, cumpliérame deciros que era mi condición peor que nada; Porque, en verdad, contraje compromiso con mi mejor amigo, a quien, sin seso, comprometí a su vez con el más crudo, con el más desalmado de enemigos, para engrosar mis medios. Esta carta, Al cuerpo de mi amigo se asemeja, y cada raya en ella es cruda herida Por donde a ríos sangre y vida arroja. Pero ¿es verdad, Salanio? ¿Han fracasado Todos sus planes? ¿No acertó ninguno? ¿De Trípoli, de México, y Lisboa, pe Inglaterra, de la India y Berbería ninguna nave se salvó del choque De las rocas, funestas al marino?

Salanio. Ninguna. Y además, según parece, aunque tuviera Antonio algún dinero para pagar lo que al judío adeuda, éste se niega a recibirlo. Nunca vi criatura que de ser humano tuviera aspecto y forma, tan ansioso y ávido de abatir a un semejante. De día y noche al duque importunando, jura que si justicia no le hiciere, Denunciará al Estado y sus franquicias. Veinte de los más ricos mercaderes, el mismo duque, y los patricios todos de más valer, quisieron persuadirle. En vano se esforzaron: nadie logra hacerle desistir de su demanda: Confiscación, justicia, es lo que pide, y el cumplimiento de su aleve trato.

Jésica. Le oí jurar, cuando aún con él vivía, hablando con Tubal y Chus, amigos y compatriotas suyos, que la carne de Antonio prefería a veinte veces el valor de la suma que le adeuda. Y sé que si las leyes, si el gobierno y poder del Estado no lo impiden, lo pasará muy mal el pobre Antonio.

Porcia. ¿Es vuestro caro amigo el que esto sufre?

Basanio. Mi más querido amigo, el mejor hombre, El alma más leal y más amante De hacer favores, uno en cuyo pecho Arde, como en ninguno en toda Italia, El limpio honor de la vetusta Roma.

Porcia. ¿Qué suma es la que debe al israelita?

Basanio. Por mí tres mil ducados.

Porcia. ¿Qué tan poco? Dadle seis mil y liquidad la deuda: Doblad la suma y triplicadla luego, Antes que pierda tan sincero amigo por causa de Basanio un pelo sólo. Vamos primero al ara; y dadme nombre de esposa vuestra, y luego sin tardanza id a Venecia en busca del amigo; pues no he de consentir que sin sosiego os reclinéis de vuestra Porcia al lado: Iréis provisto de oro, lo bastante Para pagar la deuda veinte veces.

Terminado este asunto, volved pronto con vuestro fiel amigo. Mi doncella Nerisa y yo, entre tanto, como viudas y a la par cual doncellas viviremos. Partamos, pues. Es fuerza que en el día de vuestras bodas os pongáis en marcha. Pensad en vuestros huéspedes: el ceño Mostrad alegre y el humor risueño: Ya que a tan caro precio os he comprado, os he de amar también en igual grado. Pero la carta oigamos del amigo.

Basanio. [Lee] "Querido Basanio, todas mis naves han naufragado, mis acreedores se vuelven crueles, mi hacienda está reducida a nada, el plazo de mi contrato con el judío ha expirado, y ya que, en cumpliendo la condición que dicho contrato encierra, será imposible que viva, quedan saldadas las deudas que hubiere entre nosotros, con tal que me sea concedido veros en la hora de mi muerte. No obstante, haced lo que mejor os plazca: si vuestra amistad no os mueve a venir a verme, no os mueva tampoco mi carta."

Porcia. Bien mío, despachad, partid al punto.

Basanio. Daréme prisa, pues me dais licencia; pero hasta que regrese, el lecho ocioso no será parte a prolongar mi ausencia, ni a separarnos lo será el reposo.

(Vanse)

Escena III

[Una calle de Venecia]

(Entran Shylock, Salanio, Antonio y un Carcelero)

Shylock. No le pierdas de vista, carcelero: no me habléis de piedad éste es el loco que dio dinero gratis. Carcelero, no le pierdas de vista.

Antonio. Oíd, buen Shylock.

Shylock. Exijo el cumplimiento del contrato; no hables en contra de él; pues hice voto de no ceder un punto en mi demanda. Antes que yo te diese causa alguna, tú me llamaste perro. Si soy perro, guárdate de mis dientes. No hay recurso; el duque me hará justicia. Es mucha historia, pícaro carcelero, que a su ruego le saques tan gustoso de la cárcel.

Antonio. Escúchame, te ruego.

Shylock. No te escucho. Exijo el cumplimiento del contrato. No he de prestar oído a tus palabras. El cumplimiento del contrato exijo. Por tanto, no habléis más. No soy de aquellos Necios de pecho blando que suspiran, se enternecen y apiadan, luego ceden al ruego de cristianos mediadores. No me sigáis. No quiero más discursos. El cumplimiento exijo del contrato.

(Vase Shylock)

Salanio. Es el más implacable de los perros que deshonraron la familia humana.

Antonio. Dejadle ya. No volveré a seguirle con súplicas inútiles. Mi vida buscando va. Por qué razón no ignoro. Más de una vez libré de su venganza a muchos infelices que con quejas se me acercaron; por lo mismo me odia.

Salanio. No puedo creer que el Dux jamás consienta Que a nadie ligue semejante trato.

Antonio. No puede el Dux negarse al cumplimiento Estricto de la ley; pues si se hollaran Los privilegios de que aquí en Venecia Gozan los extranjeros, fuera parte a amenguar el prestigio del Estado; pues el provecho, influjo y poderío de esta ciudad estriba en su comercio con las demás naciones. Ven, partamos. Me tienen tan postrado mis desgracias, que dudo mucho que mañana tenga una libra de carne en todo el cuerpo con qué saciar la cruda sed de sangre de mi acreedor. Buen carcelero, vamos. ¡Dios quiera que Basanio acuda a verme pagar su deuda, y moriré contento.

(Vanse)

Escena IV

[Una sala de la quinta de Porcia, en Belmonte]

(Entran Porcia, Nerisa, Lorenzo, Jésica y Baltasar)

Lorenzo. Señora, aunque os lo digo cara a cara, tenéis formada justa y noble idea de la amistad divina, y prueba de ello es vuestra abnegación, pues de esta suerte la ausencia soportáis de vuestro esposo. Empero si supierais a quien honra tan grande dispensáis, cuán bueno y digno es el hidalgo a quien mandáis socorro, cuan fiel amigo del señor Basanio, Seguro estoy que mas orgullo os diera Obra tan noble que el que os da la innata costumbre de hacer bien que en vos se admira.

Porcia. Nunca me arrepentí de haber obrado con fin laudable, y esta vez tampoco me habré de arrepentir. En compañeros que juntos se entretienen, y derrochan las largas horas juntos, cuyas almas compartes igualmente la coyunda de la amistad, es menester que exista en igual grado relación estrecha entre las afecciones, las costumbres y genio de los dos. Por esto juzgo que, siendo Antonio el más querido amigo de mi adorado dueño, será fuerza que se parezca a mi adorado dueño. Y si así fuera, ¡a cuán pequeña costa habré logrado libertar del ansia del más cruel tormento al fiel retrato del alma mía! Basta ya; colijo que estoy hablando en alabanza propia. Hablemos de otro asunto. En vuestras manos confío, buen Lorenzo, de mi casa el gobierno y cuidado, hasta la vuelta de mi señor. En cuanto a mí, me ocupa cuidado de cumplir un sacro voto que hice en secreto al cielo, prometiendo vivir contrita en oración sagrada, sin otra compañera que Nerisa, hasta el regreso de su amor y el mío. Dista de aquí dos leguas un convento, cuyo recinto nos dará morada. Pido que no rehuséis tal incumbencia, que sobre vuestros hombros hoy colocan mi amor y la estrechez en que me encuentro.

Lorenzo. De todo corazón, señora mía, cuanto mandáis sabré cumplir sin falta.

Porcia. Ya saben mis criados lo que intento; y en Jésica y en vos ya reconocen a Basanio y a mí. Que Dios os guarde, hasta más ver.

Lorenzo. Felicidad y dicha vayan con vos.

Jésica. Señora, yo os deseo cuanta ventura vuestro pecho anhela.

Porcia. Agradezco el favor, y por mi parte igual fortuna para vos deseo. Jésica, adiós.

(Vanse Lorenzo y Jésica)

Tú, Baltasar, escucha. Así cual te hallé fiel y honrado siempre, deja que te halle aún. Toma esta carta, y cuanta prisa en hombre quepa, emplea en dar contigo en Padua. Ten cuidado de entregarla a mi primo en mano propia; digo al doctor Belario. De él recoge los trajes y papeles que te diere, y con premura llévalos al punto Donde espera la barca que trafica entre Venecia y la vecina playa. No gastes tiempo hablando, sino vete. Antes que llegues estaré en Venecia.

Baltasar. Señora, voy volando a obedeceros.

(Vase Baltasar)

Porcia. Acércate, Nerisa, que entre manos traigo un proyecto cuyo plan ignoras. Cuando menos lo piensan, tú a tu esposo, y yo al mío veré.

Nerisa. ¿Sin que nos vean?

Porcia. Nerisa, nos verán; pero en tal garbo que habrán de sospechar que nos adornan prendas que no poseemos. Lo que quieras te apostaré que cuando estemos ambas en traje de galán, el mejor mozo haré yo de las dos, y con más brío que tú sabré llevar la daga al lado. Verás cómo hablaré con bronco acento, propio del niño que a ser hombre pasa, haciendo de dos pasos menuditos un tranco varonil; y de pendencias discurriré cual fanfarrón imberbe: Inventaré mentiras ingeniosas de cómo honradas damas me brindaron con sus amores, y enfermaron luego por mi desdén, muriéndose de pena. ¿Qué hacer en tal apuro? Arrepentirme; sintiendo, aun a pesar de tanto triunfo haberles dado muerte. Y veinte embustes de este jaez dirá mi lengua loca, con aire tal, que jurarán los hombres que ha más de un año que dejé la escuela. Me bullen en la mente mil enredos de estos atolondrados fanfarrones que pienso practicar.

Nerisa. Decid, señora: ¿Es cosa de ir de hombres?

Porcia. ¡Qué pregunta! ¡Si te oyera un intérprete liviano! Mas ven. Te explicaré todo el proyecto Cuando en mi coche esté; ya nos espera En la puerta del parque. Vuela, amada, Nos toca hacer seis leguas de jornada.

(Vanse)

Escena V

[Un jardín de la quinta de Porcia en Belmonte]

(Entran Lanzarote y Jésica)

Lanzarote. Sí, por cierto: porque, tened entendido, que las culpas de los padres serán castigadas en los hijos; por lo tanto, os aseguro que me dais lástima. Siempre fui franco con vos, y por eso quiero manifestaros la emoción que me causa este asunto. Armaos, pues, de fortaleza, porque, en verdad, creo que estáis condenada. No os queda más que una esperanza que os pueda ser provechosa, y ésa no es más que una especie de esperanza bastarda.

Jésica. ¿Y qué esperanza es ésa, dime?

Lanzarote. Hasta cierto punto podéis abrigar la esperanza de que no fué vuestro padre quien os engendró, de que no sois hija del judío.

Jésica. Ésa sí que fuera en verdad una especie de esperanza bastarda. En tal caso, las culpas de mi madre serían castigadas en mí.

Lanzarote. Tenéis razón; me temo entonces que estáis condenada por lado de padre y de madre. Y así, cuando huyo de Scila, vuestro padre, doy en Caribdis, vuestra madre. Vamos, estáis perdida por ambos lados.

Jésica. Me salvaré por mi marido: él me hizo cristiana.

Lanzarote. Por cierto, mayor culpa es la suya: éramos ya más cristianos de los que había menester; a duras penas podíamos vivir en buena armonía unos con otros. Con este afán de cristianizar a los herejes, subirá el precio de los gorrinos; si damos todos en comer carne de cerdo, pronto no tendremos, ni aun a precio de oro, una raja de tocino que echar en el puchero.

(Entra Lorenzo)

Jésica. He de contar a mi marido lo que me has dicho, Lanzarote. Mírale donde viene.

Lorenzo. Pronto tendré celos de ti, Lanzarote, si sigues arrinconándote de esa suerte con mi mujer.

Jésica. No tal; no tenéis motivo alguno de alarma, Lorenzo: Lanzarote y yo estamos reñidos. Me dice lisa y llanamente que no habrá misericordia para mí en el cielo, porque soy hija de judío; y añade que vos no sois buen miembro de la república, porque al convertir en cristianos a los judíos, encarecéis el precio de la carne de cerdo.

Lorenzo. Más fácil me será justificarme de esa falta ante la república, que a ti el justificarte de la de haber aumentado el volumen de la negra. La mora está encinta por obra tuya, Lanzarote.

Lanzarote. Mucho será que la mora esté más gorda de lo que fuere menester. Pero aunque fuera menos que mujer de bien, siempre será más honrada de lo que yo creía.

Lorenzo. Hasta el más necio sabe ya jugar con las palabras. Creo que en breve llegará a ser el silencio la mayor prueba de discreción, y el don del habla sólo será digno de elogio en boca de los loros. Idos adentro, tunante, y decid a los criados que se preparen para la comida.

Lanzarote. Eso ya está hecho, señor. Todos ellos tienen estómago.

Lorenzo. ¡Válgame Dios, y qué flujo de chancear te ha entrado! Pues diles que preparen la comida.

Lanzarote. También está hecho, señor. Aunque cubrir fuera la palabra más adecuada.

Lorenzo. Pues entonces que se cubra.

Lanzarote. No tal, amo mío; sé mi deber.

Lorenzo. ¿No acabarás con tus equívocos? ¿Quieres exhibir en un solo instante todo el caudal de tu gtacia? Haz favor de entender a un hombre llano que te habla con llaneza. Llégate a tus compañeros y diles que cubran la mesa y sirvan los manjares e iremos a comer.

Lanzarote. En cuanto a la mesa, señor, será servida; en cuanto a los manjares, señor, serán cubiertos; en cuanto a ir vuesas mercedes a comer, será a medida de vuestras inclinaciones y apetitos.

(Vase Lanzarote)

Lorenzo. ¡Oh discreción, qué sarta de sandeces! Ese necio ha sembrado en su memoria Una hueste de chistes: y de muchos Bufones sé de estado más altivo, Pertrechados como él de sutilezas, Que por soltar un dicho agudo olvidan y ofenden el sentido de las cosas. ¿Qué tal estás de humor, Jésica amada? Dime tu parecer, mi dulce prenda: ¿Te gusta la mujer del seor Basanio?

Jésica. Más que expresarlo puede mi palabra. Es menester que lleve honrada vida el buen señor Basanio; pues teniendo tal bendición de Dios en su consorte, celeste dicha gozará en la tierra. Y si en la tierra la desdeña, justo fuera que nunca entrase allá en el cielo. A fe, si dos deidades se retaran a competir en celestial contienda, y por apuesta cada dios pusiere una mujer mortal, siendo una Porcia, fuera forzoso que apostara el otro alguna prenda más con la contraria, Pues este mundo mísero y grosero otra no encierra igual.

Lorenzo. Tan buen marido tienes en mí como ella es buena esposa.

Jésica. Consulta al menos mi opinión en eso.

Lorenzo. Luego; primero vamos a la mesa.

Jésica. No tal, permite que te alabe en tanto que tenga gana.

Lorenzo. Vamos; no lo apruebo: De sobremesa vendrá bien tu charla, pues de esa suerte, digas lo que quieras, digerirlo podré con otras cosas.

Jésica. Juro que en evidencia he de ponerte.

(Vanse)

Acto IV

Escena I

[Sala de un tribunal de Justicia en Venecia]

(Entran el Dux, Senadores, Antonio, Basanio, Graciano, Salarino, Salanio y otros)

Duque. Está aquí Antonio?

Antonio. A la orden vuestra, Alteza.

Duque. A fe que me das lástima; pues vienes a dar satisfacción a la demanda de un adversario ruin y empedernido, de lástima incapaz, de amor exento, cuya alma de piedad ni un grano encierra.

Antonio. Bien sé que vuestra Alteza se ha esforzado a moderar su rigorosa saña; mas ya que inexorable permanece, y que la ley no ofrece arbitrio alguno para salvarme de su ruin envidia, opongo a su furor mi sufrimiento, y armado de valor, serena mi alma aguantará impasible de la suya todo el coraje y la feroz dureza.

Duque. Que llamen al judío ante el Consejo.

Salanio. Fuera esperando está. Señor, ya viene.

(Entra Shylock)

Duque. Apartad. Que se ponga en mi presencia. Shylock, el mundo cree, y con él creo, que intentas apurar tu cruda saña hasta el postrer momento, y luego en la hora fatal de la sentencia, hacer alarde de clemencia y piedad, aun más extrañas que tu crueldad extraña y aparente; y en lugar de exigir el cumplimiento de pena tan cruel, que dueño te hace fe una libra de carne de este pobre, mísero mercader, el mundo opina que cederás, no sólo en tu demanda, sino que de piedad y amor movido, perdonarás a tu deudor el pago de la mitad del capital que adeuda echando compasivo una mirada sobre las grandes pérdidas sufridas por él en breve tiempo, suficientes a hundir en ruina a un mercader monarca, y a despertar piedad hacia él en pechos de duro bronce, y en entrañas rudas de pedernal, en desalmados turcos, y en tártaros crueles, no avezados a blandas obras de cortés ternura. De ti aguardamos, todos los presentes, una cortés respuesta, buen judío.

Shylocik. Ya sabe Vuestra Alteza lo que intento; y por el santo sábado he jurado, que he de lograr satisfacción cumplida. Si vos me la negáis, eterno oprobio sobre las leyes de Venecia caiga, y sobre las franquicias de este Estado. Tal vez preguntaréis, por qué prefiero una libra no más de carne muerta a los tres mil ducados. Y os respondo: Es mi capricho. ¿Estáis ya contestados? Imaginaos que en mi casa hubiera una molesta rata, y se me antoja pagar diez mil ducados por el gusto de envenenarla, ¿Estáis ya contestados?

Hay hombres que no sufren en la mesa un lechoncillo asado y boquiabierto; otros se vuelven locos viendo a un gato; y hay otros que al oír chillar la gaita no pueden menos de verter la orina, que es tal la antipatía, que a su antojo dispone todo. Y ésta es mi respuesta: Así como razón no puede darse de por qué el uno del lechón no gusta, de por qué el otro ver no puede a un gato, útil e inofensivo animalejo; de por qué el otro soportar no puede de la gaita la voz, sin que por fuerza, cometa tal vergüenza inevitable, y ofenda a los demás, siendo ofendido; del mismo modo yo alegar no puedo, ni quiero, la razón que a mí me mueve a proseguir un pleito perdidoso. Sino es la que se funda en el hastío y en el odio arraigado que me inspira el hombre Antonio. ¿Estáis ya contestados?

Basanio. Esa contestación, cruel judío, no es parte a disculpar tu fiera saña.

Shylock. Yo no he de responder a gusto tuyo.

Basanio. ¿El hombre mata siempre al ser que no ama?

Shylock. ¿Quién no matará al ser que horror le inspira?

Basanio. No toda ofensa inspira horror al pronto.

Shylock. ¿Dos veces quieres que te pique el áspid?

Antonio. Pensad, por Dios, que habláis con el judío, id a la playa y suplicad a las olas, cuando más rugen, que su furia domen; al lobo preguntad, por qué a la oveja hizo llorar la muerte del cordero; id a las selvas y mandad que callen, y sobre el alto cerro no sacudan sus verdes ramas los añosos pinos, mecidos de las ráfagas del viento; id e intendad lo que imposible fuere, y os ha de ser más fácil, que ablandarle su corazón judío, que en dureza ¿A qué no excede?

Por lo tanto, os pido que más ofertas no le hagáis, ni en vano los medios apuréis; antes dad orden de que se cumpla cual la ley lo manda en breve mi sentencia, y del judío la voluntad.

Basanio. Por tus tres mil ducados, he aquí seis mil.

Shylock. Divide cada uno de los seis mil ducados en seis partes, De cada parte luego haz un ducado, y no los tomaré: mi trato quiero.

Duque. ¿Quién te ha de hacer merced, si río la ejerces?

Shylock. ¿Qué fallo he de temer, no haciendo daño? Muchos esclavos con vosotros viven, comprados con dinero, a quien cual mulos, Cual perros o asnos, empleáis en bajos y serviles oficios, pues son vuestros, comprados con dinero. Si os dijera, dadles la dulce libertad; casadlos con vuestras herederas; ¿por qué sudan bajo pesadas cargas? Dadles lechos tan blandos cual los vuestros, y manjares al paladar tan gratos. Vos, sin duda, contestaréis: "Son nuestros los esclavos". Y así os contesto a vos. La sola libra de carne que demando de él, es mía, y cara me costó, y he de tenerla, si la negáis ¡mal hayan vuestras leyes! Son nulos los decretos de Venecia. Pido justicia. ¿La tendré?, decidme Duque. En uso del poder que me confiere mi autoridad ducal disolvería esta asamblea, si al doctor Belario, sabio letrado, a quien en este asunto pedí consejo, no aguardase hoy mismo.

Salarino. Señor, en la antesala, un mensajero, que acaba de llegar de Padua, espera con cartas del doctor.

Duque. Dadme las cartas. Llamad al mensajero.

Basanio. ¡Ánimo, Antonio! Y ten valor! Te juro que al judío daré mi carne y sangre, y hueso y todo, antes que por su mano y por mi causa pierdas sólo una gota de tu sangre.

Antonio. Soy cual res apestada en el rebaño, Indigna de vivir. Entre las frutas la menos sana es la primera siempre que al suelo cae. Dejad, pues, que me caiga. Mas vos debéis vivir, Basanio mío, y escribir en mi tumba mi epitafio.

(Entra Nerisa disfrazada de pasante de abogado)

Duque. ¿Venís de Padua? ¿Os manda aquí Belario?

Nerisa. De allí vengo, señor; y a Vuestra Alteza salud Belario envía.

(Le da una carta)

Basanio. ¿Por qué afilas con tanto ahinco tu cuchillo, Shylock?

Shylock. Para cortar la carne que me adeuda ese insolvente.

Graciano. No en tu suela, en tu alma afilas tu cuchillo, vil judío. Mas no hay metal alguno, ni aun el hierro del hacha del verdugo, que en dureza iguale al filo de tu aguda envidia. ¿No hay ruego que te ablande?

Shylock. No, ninguno que pueda sugerirte tu talento.

Graciano. ¡Maldito seas, perro inexorable! ¡Malhaya la justicia que con vida te deja, infame! Tu conducta casi me obliga a vacilar en mi creencia y a seguir la doctrina de pitágoras, que enseña que las almas de los brutos trasmigran a los cuerpos de los hombres. Tu alma perruna gobernó algún lobo a manos del verdugo degollado por homicida, y desde la horca el alma del bruto sanguinario tendió el vuelo y se introdujo en ti, cuando yacías en las entrañas de tu impía madre. Porque de lobo son tus apetitos; sanguinarios, voraces y crueles.

Shylock. Mientras no logres arrancar el sello De mi contrato, con tus locos gritos Ofenderás tan sólo tus pulmones. Refrena esa viveza, buen mancebo; No se extravíe tu razón. Justicia Es lo que aquí demando.

Duque. En esta carta al tribunal Belario recomienda a un joven bachiller, letrado docto: ¿En dónde se halla?

Nerisa. Cerca está, aguardando saber si le admitís.

Duque. Con toda el alma. Que salgan dos o tres a recibirle Con muestras de respeto. Y entre tanto La carta de Belario repasemos.

(Un escribiente lee)

"Sabrá Vuestra Alteza que a tiempo de recibir vuestra carta, me hallaba postrado por gravísima dolencia; pero en el instante mismo en que llegó el mensajero, hallábase conmigo, en amistosa plática, un joven doctor de Roma, cuyo nombre es Baltasar. Le relaté los pormenores del pleito pendiente entre el judío y el mercader Antonio; hojeamos juntamente gran número de libros: le he manifestado mi parecer, el cual mejorado por su propio saber, para hacer cuyo elogio me faltan palabras, le acompaña, para que, a ruego mío, vaya a cumplir en mi lugar el deseo de Vuestra Alteza. Os ruego que no paréis mientes en sus pocos años, ni sea parte esta falta a arrebatarle la estimación que merece; pues no hallé jamás en cuerpo tan joven seso tan maduro. Os suplico que le admitáis, confiado en que, más que mi carta, han de hablar en favor suyo sus propias obras."

Duque. Ya veis lo que Belario nos escribe. Y aquí el doctor se acerca, según creo.

(Entra Porcia vestida de doctor en leyes)

Dadme la mano. ¿Os manda aquí Belario?

Porcia. De parte suya vengo.

Duque. Bien venido. Vuestro puesto ocupad. ¿Estáis en autos De la cuestión que al tribunal ocupa?

Porcia. Estoy bien informado de la causa. ¿Quién es el mercader?, ¿quién el judío?

Duque. Antonio y Shylock, avanzad entrambos.

Porcia. ¿Os llamáis Shylock?

Shylock. Shylock es mi nombre.

Porcia. De extraña condición es vuestro pleito; pero en razón fundáis vuestra demanda, ni pueden impugnar vuestro albedrío las leyes de Venecia. En riesgo grave estáis de ser su víctima: ¿No es cierto?

Antonio. Lo afirma así.

Porcia. ¿Reconocéis el trato?

Antonio. Lo reconozco.

Porcia. Es menester entonces que se apiade el judío.

Shylock. ¿Y por qué causa? ¿quién me obligue acaso? Contestadme.

Porcia. No quiere fuerza el don de la clemencia: es cual la blanda lluvia que del cielo baja benigna a fecundar el campo. Es dos veces bendita, pues consuela al que la da y a aquel que la recibe: más grande es su poder entre los grandes; mejor le sienta al rey que su corona; su cetro es el emblema de la fuerza de su poder mundano, el atributo de su alta majestad y poderío: en él reside el rayo de los reyes. Mas la clemencia es superior al cetro; el alma de los reyes es su trono; de la divinidad es atributo, y el mundanal poder entonces raya casi en poder de Dios, cuando benigno con la clemencia templa la justicia.

Por lo tanto, judío, aunque pretendas Justicia y nada más, piensa y medita que si tan sólo para el hombre hubiere Justicia nada más, no se salvara ninguno de nosotros. Si clemencia pedimos con fervor a todas horas, el mismo ruego nos enseña a todos a practicar el bien que apetecemos. Por ablandarte, nada más, lo digo, y aplacar el rigor de tu demanda; fuerza será, si en ella persistieses, que el tribunal severo de Venecia Sentencie el pleito en tu favor y en contra del mercader Antonio.

Shylock. Caiga el peso de mis acciones sobre mi cabeza. A tenor de la ley justicia pido, Y el cumplimiento exijo del contrato.

Porcia. ¿No está en estado de pagar la suma?

Basanio. Por él yo mismo al tribunal la ofrezco; Y estoy dispuesto a duplicar la suma, y a pagarla diez veces si es preciso, Dando en peño mis manos, mi cabeza, y hasta mi corazón. Si esto, no basta, Es fuerza confesar que la malicia a la inocencia vence; y os suplico Que violentéis por una vez tan sólo Con vuestra autoridad la ley severa: Para un gran bien, haced un breve daño, y refrenad la saña de este tigre.

Porcia. No puede ser. Nadie en Venecia tiene poder para variar decreto alguno establecido ya. Se citaría cual precedente tan funesto caso, y en muchos yerros, por el mismo ejemplo, Hundiérase el Estado. Es imposible.

Shylock. ¡Un Daniel! ¡Un Daniel es quien nos juzga! ¡Oh sabio y joven juez, cuánto te honro!

Porcia. Permitid que examine la escritura.

Shylock. Tomad, tomad, doctor muy reverendo.

Porcia. Shylock, el triplo de la suma ofrecen.

Shylock. ¡Un voto, un voto! ¡Al cielo un voto hice! ¿Queréis que me condene por perjuro? ¡No lo he de hacer, ni aun por Venecia toda!

Porcia. Está cumplido el plazo del contrato. Y con legalidad puede el judío Reclamar una libra de la carne del mercader, cortada por su mano en torno al corazón. Sé compasivo: Acepta el triplo de la suma y deja que con mis manos la escritura rompa.

Shylock. Cuando a tenor del trato esté cumplida. Al parecer, sois juez leal y digno; sabéis la ley; habéis expuesto el caso con tino recto: yo os exijo ahora en virtud de esa ley, de la que probo y firme arrimo sois, que sin tardanza paséis a sentenciar. Por mi alma os juro, que no hay poder en el acento humano capaz de hacerme vacilar un punto. De mi contrato exijo el cumplimiento.

Antonio. Con insistencia al tribunal suplico que el fallo dicte.

Porcia. Pues entonces, sea. A su cuchillo apercibid el pecho.

Shylock. ¡Oh noble juez, oh joven excelente!

Porcia. Porque la ley ninguna duda admite en lo que toca a su demanda justa, y a la pena en el trato estipulada.

Shylock. ¡Decís verdad! ¡Oh juez íntegro y docto! ¡Cuánto más viejo y más sesudo os hallo de lo que parecéis!

Porcia. Por tanto, al punto el pecho descubrid.

Shylock. Sí, el pecho; el pacto así lo dice. ¿Noble juez, no es cierto? Cerca del corazón; tal es la frase.

Porcia. Es cierto, sí. ¿Tenéis una balanza para pesar la carne?

Shylock. Aquí la tengo.

Porcia. Tened a un cirujano prevenido para que cierre sus heridas, Shylock; no sea que se muera desangrado.

Shylock. ¿Dice algo de eso acaso la escritura?

Porcia. El trato no lo impone; mas ¿qué importa? Por caridad no más podéis hacerlo.

Shylock. Yo no lo encuentro: el pliego nada dice.

Porcia. ¿Tenéis vos algo que decir, Antonio?

Antonio. Pocas palabras. De valor armado estoy, y apercibido. Vuestra diestra dadme, Basanio; ¡Dios os guarde, amigo! No lamentéis que por serviros caiga: que en esto más humana la fortuna de lo que suele, se mostró conmigo. Dejar que sobreviva el desgraciado la ruina de su hacienda es su costumbre, y a contemplar le obliga con hundidos ojos y torvo ceño, en hondos males y en estrecheza su vejez postrada; y a mí me libra del cruel castigo que inflige la miseria en su porfía.

Encomendadme a vuestra honrada esposa; narradla el fin de vuestro amigo Antonio; decidla cuánto os quise: sed conmigo Justo después de muerto; y cuando sepa la historia toda, juzgue y diga entonces Si tuvo o no Basanio un fiel amante. No lamentéis la muerte de este amigo, que él no lamenta el pago de la deuda; pues si no tiembla del judío el pulso, Pronto la pagaré con toda el alma.

Basanio. Antonio, soy casado, y a mi esposa más quiero que a mi vida; pero juro que no te estimo en menos que mi vida, ni que mi esposa, ni que el mundo entero. Lo perdería todo, los daría todos a este demonio por salvarte.

Porcia. A fe, si aquí estuviese vuestra esposa, por esa oferta gracias no os daría.

Graciano. Tengo una esposa a quien por cierto adoro: Quisiera que estuviese allá en el cielo para implorar la ayuda de algún santo que a este perro judío enterneciese.

Nerisa. Por dicha no os escucha vuestra esposa, de otra suerte pudiera tal deseo Ser causa de trastornos en la casa.

Shylock. ¡Qué esposos! ¡Qué cristianos! Una hija tengo. ¡Ojalá cualquiera de la estirpe de Barrabás con ella se casara, y no un cristiano! Mas perdemos tiempo; os ruego, proseguid con la sentencia.

Porcia. Dueño eres de una libra de su carne. La ley lo manda; el tribunal lo otorga.

Shylock. ¡Oh docto juez!

Porcia. (...)

Shylock. ¡Oh docto juez! ¿Oíste la sentencia? Prepárate.

Porcia. Detente un breve rato: Hay algo más. El trato no te otorga ni una gota siquiera de su sangre. Una libra de carne, dice el pliego; son sus palabras: toma tu fianza, y la libra de carne, que es lo tuyo; mas si al cortarla, de cristiana sangre viertes sólo una gota, por las leyes de Venecia tus bienes y tus tierras para el estado quedan confiscados.

Graciano. ¿Lo oyes judío? ¡Oh juez íntegro¡

Shylock. ¿Y eso es la ley?

Porcia. Verás tú mismo el acta. Ya que justicia pides, ten por cierto Que más tendrás de la que tú deseas.

Graciano.- ¡Oh sabio juez, judío!, ¡oh juez sin tacha!

Shylock. Su oferta acepto: triplicad la suma, y al cristiano soltad.

Basanio. He aquí el dinero.

Porcia. ¡Calma! Se hará al judío amplia justicia. Calma, no tengáis prisa, pues la pena y nada más conseguirá el judío.

Graciano. ¡Qué juez, judío! ¡Qué íntegro! ¡Qué sabio!

Porcia. Pues bien; disponte ya a cortar la carne, no viertas sangre alguna, no le cortes ni más ni menos que una libra justa, si tomas más o menos que una libra, aunque tan sólo falte o sobre al peso la vigésima parte de un adarme, ¿Qué digo?, aunque se incline la balanza un solo pelo a un lado más que a otro, la vida pierdes y tu hacienda toda.

Graciano.- ¡Otro Daniel! ¡Es un Daniel, judío! Estás cogido, infiel, al fin te tengo.

Porcia. ¿Qué aguardas ya, judío? El trato cumple.

Shylock. Dadme mi capital, e iréme al punto.

Basanio. Lo tengo ya apartado; aquí lo tienes.

Porcia. En pleno tribunal lo ha rechazado: Tendrá justicia y lo que el pliego manda.

Graciano. ¡Otro Daniel! Es un Daniel, te digo. Gracias te doy, judío, por la frase.

Shylock. ¿No me daréis mi capital siquiera?

Porcia. Sólo tendrás lo que estipula el trato: Y si te atreves, cóbralo, judío.

Shylock. Pues bien: ¡que con mil diablos lo disfrute! No espero a más.

Porcia. Judío, aguarda un poco: la garra de la ley te tiene asido también por otro lado. Está dispuesto, según las sabias leyes de Venecia, que si convicto fuere algún extraño del crimen de atentar contra la vida de un ciudadano de Venecia, sea por medios indirectos o directos, tendrá la parte contra quien conspire derecho a la mitad de su fortuna, cobrando la otra el arca del estado, y quedará a merced del duque la vida del ofensor, sin salvación alguna.

En cuyo caso, digo que te hallas; pues por tu proceder, hoy manifiesto, resulta que por vías indirectas, y directas también, has atentado del demandado a la existencia misma; y has incurrido en el peligro ha poco por mí anunciado. La rodilla dobla, y al duque perdón, por tanto, implora humilde.

Graciano. Y pide por merced que te concedan permiso para ahorcarte por tu mano; Aunque estando tu hacienda confiscada, Ni el valor del cordel te habrá quedado, y a costa suya habrá de ahorcarte el pueblo.

Duque. Para que veas, Shylock, cuánto dista tu proceder del nuestro, te perdono la vida antes que tú la solicites. En cuanto a la mitad de tu fortuna, a Antonio corresponde, y al estado la otra mitad, que acaso en una multa podrá trocar tu proceder humilde.

Porcia. A favor del Estado, no de Antonio.

Shylock. Tomad mi vida, y todo: nada quiero. Me arrebatáis mi casa cuando de ella la viga arrebatáis que la sostiene: Me arrebatáis la vida cuando a un tiempo me arrebatáis los medios con que vivo.

Porcia. Antonio, ¿qué merced podréis hacerle?

Graciano. Dale una soga gratis, no otra cosa, por el amor de Dios.

Antonio. Si el Dux ordena, y aprueba el tribunal, que se le libre del pago de la multa que le impone la ley de una mitad de su fortuna, con la otra me daré por satisfecho, con tal que aquí consienta que a su muerte la herede el caballero que a su hija ha poco arrebató. Le impongo, empero, dos condiciones más: Que agradecido por tal favor, abjure sus errores, y al cristianismo luego se convierta y es la otra: que haga donación, por acta firmada ante esta audiencia, en que se nombren herederos de cuanto poseyere a su yerno Lorenzo, y a su hija.

Duque. Juro que lo ha de hacer, o de otro modo revocaré el perdón que le he otorgado.

Porcia. Judío, ¿estás contento? ¿Qué contestas?

Shylock. Contento estoy.

Porcia. Pues que se extienda el acta.

Shylock. Si os place, permitid que me retire; me siento enfermo: remitidme el acta; después la firmaré.

Duque. Vete, pero hazlo.

Graciano. Tendrás al bautizarte dos padrinos: Si fuera yo tu juez, diez más tuvieras, para llevarte a la horca, no a la pila.

(Vase Shylock)

Duque. Os brindo con mi mesa; honradla os ruego.

Porcia. Perdón humilde a Vuestra Alteza pido: Es menester que a Padua hoy mismo parta, y he de ponerme en marcha sin demora.

Duque. Me duele que os apremie el tiempo tanto. Antonio, gratifica al forastero, pues, a mi ver, algún favor le debes.

(Vanse el Duque, los Senadores y acompañamiento)

Basanio. Muy digno y noble hidalgo, yo y mi amigo nos vemos libres hoy de graves males merced a vuestro ingenio y buen discurso, y en pago de merced tan señalada os ofrecemos los tres mil ducados, la suma que al judío era debida.

Antonio. Por lo demás, quedando eternamente Deudores vuestros en amor y en obras.

Porcia. Aquel que está contento, está pagado. Yo, habiéndoos libertado, estoy contento; y estándolo, me juzgo bien pagado: Nunca como hoy fué interesada mi alma. Si alguna vez tornásemos a vernos, Tened a bien reconocerme entonces. Quedad con Dios. Con esto me despido.

Basanio. Hidalgo, es fuerza que con vos porfíe, Admitid un recuerdo de nosotros, Cual regalo, no a título de pago. Que me otorguéis dos súplicas os ruego: No rechacéis mi oferta, y perdonadme.

Porcia. Mucho me instáis: es fuerza ya que ceda. [*A Antonio*] Pondréme vuestros guantes por recuerdo; [*A Basando*] De amor en prenda dadme esa sortija. No retiréis la mano: más no admito; Y cual favor no lo podéis negarme.

Basanio. ¿Esta sortija? Es una bagatela. Sonrojo me causara el daros eso.

Porcia. Pues eso quiero, y nada más admito: ya de poseerla me va dando gana.

Basanio. Vale esta joya más de lo que cuesta. Os daré la sortija más costosa que haya en Venecia con pregón buscada. ¿Ésta?... no puedo... Perdonadme, os ruego.

Porcia. Sois liberal en ofrecer, hidalgo: a mendigar primero me enseñasteis, y ahora me dais lección, según colijo, de cómo se contesta a un pordiosero.

Basanio. Dióme este anillo mi mujer, hidalgo; y con un voto me exigió promesa de no venderlo, darlo ni perderlo.

Porcia. Es una excusa con que muchos suelen escatimar sus dones. Por mi parte, A no ser loca vuestra esposa, creo Que no se mantuviera eternamente Enfadada con vos por un anillo, cuando supiera en pago de qué obra Me hicisteis tal regalo. Dios os guarde.

(*Vanse Porcia y Nerisa*)

Antonio. Señor Basanio, dadle la sortija; y valgan tanto como el mandamiento de vuestra esposa los servicios suyos y el grande amor que os tengo.

Basanio. Ve, Graciano; corre tras él, alcánzale ligero, dale el anillo, y, si lograrlo puedes, llévale a casa del amigo Antonio. Ve, date prisa.

(Vase Graciano)

Vos y yo los pasos Hacia ella encaminemos, y mañana Al ser de día el vuelo tenderemos Hacia Belmonte. Vámonos, Antonio.

(Vanse)

Escena II

[Una calle de Venecia]

(Entran Porcia y Nerisa)

Porcia. Pregunta por la casa del judío, y el acta dale; que la firme luego. Saldremos esta noche, y de este modo, un día entero llegaremos antes que nuestros dos maridos. Bien venida será a Lorenzo el acta que le llevo.

(Entra Graciano)

Graciano. Galán, feliz he sido en alcanzaros. Después de reflexión madura, os manda mi amo, el señor Basanio, esta sortija. Y a más os ruega que hoy honréis su mesa.

Porcia. Eso no puede ser; mas la sortija acepto agradecido, y os suplico que así se lo digáis. También os ruego que a mi mancebo le enseñéis la casa del viejo Shylock.

Graciano. Tal haré sin duda.

Nerisa. Señor, quisiera hablaros un instante. [*Aparte a Porcia*] (Quiero ver si consigo que mi esposo Me dé el anillo que él con juramento Me prometió guardar eternamente).

Porcia. [*Aparte a Nerisa*] -(No dudo que lo logres. Con mil votos luego nos jurarán que fueron hombres Los dos a quienes dieron las sortijas. Mas lo desmentiremos con descaro, Y si reniegan, renegar sabremos. Ve, date prisa: dónde espero sabes.)

Nerisa. Venid, galán. ¿Me enseñaréis la casa?

(Vanse)

Acto V

Escena I

[Una calle de árboles que conduce a la quinta de Porcia, en Belmonte]

(Entran Lorenzo y Jésica)

Lorenzo. La blanca luna brilla despejada: En una noche semejante a ésta, cuando con dulce acento el cefirillo los árboles besaba blandamente Sin despertar un ay entre sus ramas, en noche tal, sin duda, Troilo amante Subió a los muros de la fuerte Troya, su alma exhalando hacia las griegas tiendas, do aquella noche, Crésida yacía.

Jésica. En noche semejante, con medrosa pisada, Tisbe hollando fué el rocío; y vió la sombra del león adusto Antes de verle el cuerpo, y sin aliento hHuyó espantada.

Lorenzo. En noche semejante, dido, la diestra de ondulante vara de sauce armada, se bajó a la orilla del proceloso mar, y con el gesto llamó a Cartago al fugitivo Eneas.

Jésica. En noche semejante fué cogiendo medea aquellas yerbas encantadas con cuyo zumo remozara astuta Al viejo Esón.

Lorenzo. En noche semejante, dejó la casa del judío rico Jésica, y con su amante, de Venecia Huyó a Belmonte.

Jésica. En noche semejante dijo Lorenzo que la amaba firme, y el alma le robó con juramentos a cual más falso.

Lorenzo. En noche semejante, Jésica, bella cuanto maliciosa, a su amante injurió, y él la calumnia tierno le perdonó.

Jésica. No me vencieras en esta lid, si a solas nos dejaran; pero de un hombre las pisadas oigo.

(Entra Esteban)

Lorenzo. ¿Quién se acerca tan raudo en el silencio de la callada noche?

Esteban. Es un amigo.

Lorenzo. ¿Un amigo? ¿Qué amigo? Vuestro nombre Decidme, amigo.

Esteban. Esteban es mi nombre. Vengo a anunciaros que a Belmonte en breve, antes que raye el alba, mi señora regresará. Piadosa se arrodilla y reza al pie de cada cruz que encuentra, pidiendo al justo cielo que bendiga su vida conyugal.

Lorenzo. ¿Quién la acompaña?

Esteban. Un ermitaño santo, y su doncella. Decidme, os ruego: ¿ha regresado el amo?

Lorenzo. Aún no. Ninguna nueva de él tenemos. Entremos, si te place, esposa mía, y con esmero recepción honrosa al ama de esta casa preparemos.

(Entra Lanzarote)

Lanzarote. [*Canta*] -¡Hola, hola! ¡Eh! ¡Hola, hola!

Lorenzo. ¿Quién llama?

Lanzarote. ¡Hola! ¿Habéis visto al señor Lorenzo?¡Señor Lorenzo! ¡Hola, hola!

Lorenzo. No grites, hombre. Por aquí.

Lanzarote. ¡Hola! ¿Dónde, dónde?

Lorenzo. Aquí.

Lanzarote. Decidle que ha llegado un correo de mi amo, que trae su bocina repleta de buenas noticias; mi amo estará aquí antes del amanecer. *(Vase)*

Lorenzo. Entremos, alma mía, y su llegada allí esperemos. Pero ya, ¿qué importa? ¿Para qué entrar? Os ruego, amigo Esteban, que anunciéis de vuestra ama la venida allá en la casa; y a la vez dad orden de que salgan los músicos al raso.

(Vase Esteban)

¡Cuán dulcemente sobre el césped duermen los argentados rayos de la luna! Sentémonos sobre él, y nuestro oído absorba el son de música suave. Bien se avienen la noche y el silencio con los trinos de acorde melodía. Siéntate aquí, mi Jésica, y contempla del cielo la ancha bóveda incrustada de patenitas de oro reluciente. No hay uno sólo, ni aun el más pequeño de los lucientes globos que allí miras, que en movimiento acorde el dulce canto no imite de los ángeles, uniendo su voz al coro de almos querubines: Pues tal es la armonía que se encierra en inmortales almas; pero en tanto que esta perecedera vestidura De bajo cieno nuestro ser encubre, Nuestra alma no la advierte.

(Salen los músicos)

Herid las cuerdas, Y con un himno despertad a Cintia. Herid con son dulcísimo el oído de la señora vuestra, y hacia casa con música atraedla.

(Música)

Jésica. Nunca alegre me deja el son de música acordada.

Lorenzo. Porque vuestra alma se conmueve atenta: Pues contemplad, tal vez, en campo abierto, manada de novillos juguetones, o de cerriles, vigorosos potros, cual corren, botan, mugen y relinchan, su condición fogosa revelando. Si oyen tan sólo de un clarín el toque, o acaso llega melodioso acento de música a su oído, de repente inmobles los veréis, el vivo rayo de sus abiertos ojos convertido en un mirar modesto, por la magia de música dulcísima domado. He aquí por qué fingieron los poetas que con su lira atrajo el trace Orfeo a ríos, rocas, y árboles; pues nada hay tan feroz, agreste y. furibundo, que al poder de la música no ceda, de condición mudando mientras dura. El hombre en cuyo espíritu no anida música alguna, a quien jamás conmueve el grato acorde de sonidos dulces, es propio para intrigas y traiciones, despojos y pillajes: los instintos de su alma son pesados cual la noche, y negros como el Tártaro sus gustos: Nadie se fíe de él. Jésica, escucha.

(Entran Porcia y Nerisa a cierta distancia)

Porcia. Aquella luz que ves arde en mi sala. ¡Cuán lejos manda sus fulgentes rayos Aquella breve llama! Así reluce Una obra buena en el perverso mundo.

Nerisa. La luz no vimos al brillar la luna.

Porcia. Así oscurecen los potentes rayos de una gloria mayor a otra más breve. Con tanto resplandor como un monarca brilla un ministro hasta que aquel se acerca; su pompa entonces se deshace toda, como en el mar inmenso pobre arroyo. ¡Música! ¡Escucha!

Nerisa. Es la de vuestra quinta.

Porcia. Veo que nada es bueno sin respeto: Más dulce, pienso, que de día, suena.

Nerisa. Le da el silencio tal virtud, señora.

Porcia. Tan dulce cual la alondra canta el cuervo cuando a ninguno de los dos se atiende; y si cantara el ruiseñor de día A tiempo en que los patos roncos graznan, Sospecho yo que el mundo lo tuviera Por tan vulgar cantor como el triguero. Hechas las cosas en sazón debida, ¡Cuánta virtud, qué perfección adquieren! ¡Silencio! En brazos de Endimión la luna Duerme y no sufre que su sueño turben.

(Cesa la música)

Lorenzo. De Porcia es esa voz o yo me engaño.

Porcia. Me reconoce como el ciego al cuco en la maldita voz.

Lorenzo. Señora mía, vengáis con bien a casa.

Porcia. Hemos rezado por la salud de nuestros dos esposos, los cuales lograrán mejor fortuna, merced a nuestros ruegos, esperamos. ¿Han regresado ya?

Lorenzo. Aún no, señora; mas vino precediéndoles un hombre Que anuncia su llegada.

Porcia. Ve, Nerisa. Y a los criados di que no hagan caso, ni hablen de nuestra ausencia. Haced lo propio, Lorenzo, vos; y vos, Jésica, os ruego.

(Suena una trompa)

Lorenzo. Vuestro esposo está cerca; ¿oís su trompa? Señora, no temáis; discretos somos.

Porcia. Pienso que es esta noche un día enfermo; mas pálida parece; es como un día de aquellos en que el sol su faz anubla.

(Entran Basanio, Antonio, Graciano y acompañamiento)

Basanio. Al mismo tiempo que en el polo opuesto Aquí de día fuera, si salierais cuando se ausenta el sol del horizonte.

Porcia. Emane luz, mas cual la luz liviana no sea yo; pues la liviana esposa engendra pesadez en el marido: Nunca por mí la tenga mi Basanio. ¡Ventura nos dé Dios! A vuestra casa seáis muy bien llegado, dueño mío.

Basanio. Gracias, señora. Dad la bienvenida a mi amigo, pues éste es aquel hombre, éste es Antonio, aquel a quien yo debo Mercedes infinitas.

Porcia. Vuestra deuda muy grande debe ser, pues según oigo, se vió por vos en estrechez notable.

Antonio. Aunque así fue, la deuda está saldada.

Porcia. El bienvenido sois a nuestra quinta; lo he de probar con obras, no con dichos, por tanto abrevio los cumplidos vanos.

Graciano. [*A Nerisa*] -Por esa luna, juro que me al pasante de un juez lo di, a fe mía, [ofendes: ¡Viérale yo capado, por mi parte, Ya que lo tomas tan a pecho, prenda!

Porcia. ¡Una reyerta ya! ¿De qué se trata?

Graciano. De un aro de oro, un miserable anillo, Que ella me dió, de una leyenda ornado, En verso, cual los graba un cuchillero En un puñal: "Ámame, y no me dejes".

Nerisa. ¿Qué importa su valor, ni la leyenda? Cuando os la regalé, vos me jurasteis llevarla hasta el instante de la muerte, y enterrarla con vos en vuestra tumba. Aunque por mí no fuera, por los votos vehementes que jurasteis, fuera justo que la guardarais vos como oro en paño. ¿Al pasante de un juez, decís, le disteis? Dios es testigo y juez de que el pasante A quien lo disteis, nunca tendrá bozo.

Graciano. Sí tal; si vive y a ser hombre llega.

Nerisa. Sí, si a ser hombre una mujer llegara.

Graciano. Por esta mano, se la di a un joven, así, un rapaz, un muchachuelo imberbe, no más alto que tú; del juez pasante, tremendo parlanchín. De sus servicios en pago le pidió, y alma no tuve para negarle galardón tan corto.

Porcia. Hicisteis mal, os he de ser muy franca, en desprenderos tan livianamente del primer don que os hizo vuestra esposa: Pegado a vuestro dedo con mil votos, con tanta fe clavado en vuestra carne. Al amor mío dile yo un anillo, y le obligué a jurar que nunca, nunca se desprendiera de él. Está presente; segura estoy que no lo dejaría, no se lo quitaría de su dedo por todo el oro que este mundo encierra. A fe, Graciano, dais a vuestra esposa harto motivo para estar con pena. Si me pasara a mí, loca estaría.

Basanio. [*Aparte*] -(Sin duda fuera aquí lo más prudente que me cortara la siniestra mano, y le dijera que perdí el anillo, luchando con tesón por defenderlo.)

Graciano. Pues mi señor Basanio dio su anillo al juez, quien lo pidió, y sin duda alguna lo mereció también. Luego el muchacho, el pasante del juez, que con esmero desempeñó su cargo de escribiente, pidió el mío; y ni el amo, ni el criado quisieron admitir más recompensa que la sencilla de los dos anillos.

Porcia. ¿Y qué anillo le disteis vos, Basanio? No aquel, espero, que de mí tuvisteisBasanio. Si en mí cupiera ennegrecer mi falta con la mentira, os lo negara, Porcia; pero, ya veis, mi dedo está desnudo del anillo precioso: no lo tengo.

Porcia. No de otra suerte, de verdad exenta tenéis el alma aleve. Al cielo juro, que no me he de acostar en vuestro lecho. Mientras no me mostréis aquel anillo.

Nerisa. Ni yo en el vuestro, hasta que el mío vea.

Basanio. Querida Porcia, si supiereis sólo a quién di yo el anillo, si supiereis por quién di yo el anillo, y concibiereis por qué di yo el anillo, y con qué pena me desprendí de aquel anillo, cuando nada quisieron sino aquel anillo, templarais el rigor de vuestro enojo.

Porcia. Si la virtud supiereis del anillo, o sólo, en parte, cuánto vale aquella que os dió el anillo, o cuánto le importaba a vuestro honor el uso del anillo, no os desprendierais nunca del anillo. Pues ¿qué hombre hubiera de razón tan falto, que, al defenderlo vos con algún celo, con tan tenaz porfía os exigiera prenda querida y respetada tanto? Nerisa está en lo cierto, y me sugiere lo que he de creer. Apostaré la vida, que a alguna dama disteis el anillo.

Basanio. ¡No, por mi honor, señora, por mi alma, juro que no lo he dado a dama alguna! Sino a un civil doctor, que desprendido rehusó tres mil ducados que le daba, y me pidió el anillo. Pesaroso se lo negué, dejando que se fuera el hombre, el mismo que salvó la vida de mi mejor amigo, disgustado. ¿Y qué queréis que os diga, amada Porcia? Fué menester mandárselo; vergüenza y cortesía a hacerlo me obligaron: no consintió mi honor que le manchara tan negra ingratitud. Perdón, señora; por esas sacras luces de la noche, pienso, que a estar vos misma allí, me hubierais pedido aquel anillo para darlo al íntegro doctor.

Porcia. Que no se acerque el tal doctor a mi morada nunca. Ya que posee la joya que yo amaba, y que jurasteis vos en honor mío guardar eternamente; he de volverme tan liberal cual vos; no he de negarle nada, ni aun mi persona, ni aun el lecho De mi propio marido. Estoy segura que le he de conocer. Ninguna noche dejéis, por tanto, de dormir en casa: Como Argos vigiladme; de otra suerte, si no lo hacéis, si me dejáis a solas, os juro por mi honra, que aun es mía, Que en uno he de yacer con el letrado.

Nerisa. Y yo con su pasante. ¡Conque, alerta! Dejadme vos campar por mi respeto.

Graciano. Pues hazlo; mas cuidado no le coja, o embotaré la pluma al seor pasante.

Antonio. Yo soy la infausta causa de estas riñas.

Porcia. No os aflijáis; pues, a pesar de todo, el bienvenido sois.

Basanio. Perdona, Porcia, el mal que a pesar mío te he causado; y aquí, a la faz de todos mis amigos, te juro, hermosa, por tus lindos ojos en que me veo...

Porcia. ¡Reparad en eso! En mis dos ojos vese él duplicado, un Basanio en cada órbita contempla: Jurad por la doblez de vuestro espíritu, y juraréis un voto fidedigno.

Basanio. ¡Oye, por Dios! Perdóname esta falta, y por mi amor te juro que en mi vida quebrantaré palabra que te diere.

Antonio. Presté una vez mi cuerpo por servirle, el cual, sin el auxilio de aquel hombre a quien dió vuestro esposo la sortija, perdido estaba sin remedio alguno. Contraigo nuevamente compromiso, y el alma en prenda doy, de que Basanio No volverá a romper la fe jurada, no con intento al menos.

Porcia. Pues entonces su fiador seréis. Dadle esta joya: y que la estime en más que la primera de él exigid.

Antonio. Tomad, señor Basanio: Jurad no desprenderos de este anillo.

Basanio. ¡Cielos! ¡El mismo es que al letrado diera!

Porcia. Lo tuve de él. Perdóname, Basanio, pues me gozó el doctor por ese anillo.

Nerisa. Perdóname también, mi buen Graciano; que anoche aquel rapaz, pasante imberbe, en pago de esto, reposó conmigo.

Graciano. Esto es lo mismo que allanar las vías en el verano, cuando están bien llanas. ¿Sin merecerlo, somos ya cornudos?

Porcia. No habléis tan mal. Estáis suspensos todos: ¿Veis esta carta? Leedla cuando os plazca; viene de Padua, escríbela Belario. Veréis por ella que el doctor fué Porcia, Nerisa su pasante. Aquí Lorenzo atestiguar podrá que a un tiempo mismo salí tras vos, volviendo en este instante: El umbral de mi casa aun no he pisado. Seáis muy bien venido, Antonio, a ella. Mejores nuevas para vos reservo de las que imagináis. Leed esta carta. Veréis por ella que de vuestras naves tres a seguro puerto de improviso llegaron ya cargadas de riqueza. He de ocultaros el suceso extraño que puso entre mis manos esa carta.

Antonio. Y yo enmudezco.

Basanio. ¿Fuisteis vos, señora, el buen doctor, y yo no os conocía?

Graciano. ¿Fuisteis vos el pasante? ¿Aquel que aspira a ornar mi frente a guisa de cabestro?

Nerisa. Sí, tal; pero un pasante que no piensa hacer tal cosa mientras no fuere hombre.

Basanio. Dulce doctor, compartiréis mi lecho: y cuando yo esté ausente, con mi esposa Podréis yacer en uno.

Antonio. Hermosa dama, a vos la vida debo y la fortuna; pues como cosa cierta aquí descubro que en salvo mis bajeles a la rada llegaron ya.

Porcia. Y en cuanto a vos, Lorenzo, algún consuelo os guarda mi pasante.

Nerisa. Y se lo voy a dar sin honorario, tomad; a vos y a Jésica os entrego acta especial de donación firmada por el judío, quien os lega todo cuanto tuviere en la hora de su muerte.

Lorenzo. Señora, derramáis maná bendito en el camino de extenuada gente.

Porcia. El alba va a rayar, y estoy segura que aun satisfechos no quedáis del todo de lo que acabo de contar. Entremos, y allí podréis mejor interrogarnos, nosotros responder fielmente a todo.

Graciano. Pues dicho y hecho. La primer pregunta que me ha de contestar con juramento Nerisa, es, cuál prefiere: a la siguiente noche aguardar, o recostarse ahora, Estando ya tan próxima la aurora; mas si de día fuera, yo el primero la aparición pidiera del lucero entre nocturnas sombras, anhelante de irme a acostar del juez con el pasante. Seráme hasta que muera ley precisa guardar bien el anillo de Nerisa.

(Vanse)

Lightning Source UK Ltd.
Milton Keynes UK
UKHW020651280521
384539UK00010B/621